RELATOS
EN ALMERÍA (I)

Fernando Martínez López
Antonio Ortega
Rosa Salvador Concepción
Alfonso Viciana Martínez-Lage

Narradores Almerienses •75•
Almería, 2024

Coordinación y dirección editorial: Juan Grima Cervantes

© **Edita:**

ARRÁEZ EDITORES   laVozdeAlmería

Producción: Arráez Editores, S.L.
Las Alparatas, s/n
04.638 Mojácar (Almería)
Tlfno: 950 - 479428
E Mail: *editorial@arraezeditores.com*
Web: *www.arraezeditores.com*

Con la colaboración de Cosentino, S. A.   COSENTINO

ISBN.: 978-84-17578-89-3

Depósito legal: AL.: 2013 / 2024

Primera edición: Julio 2024

PALOMAS EN EL AIRE

FERNANDO MARTÍNEZ LÓPEZ

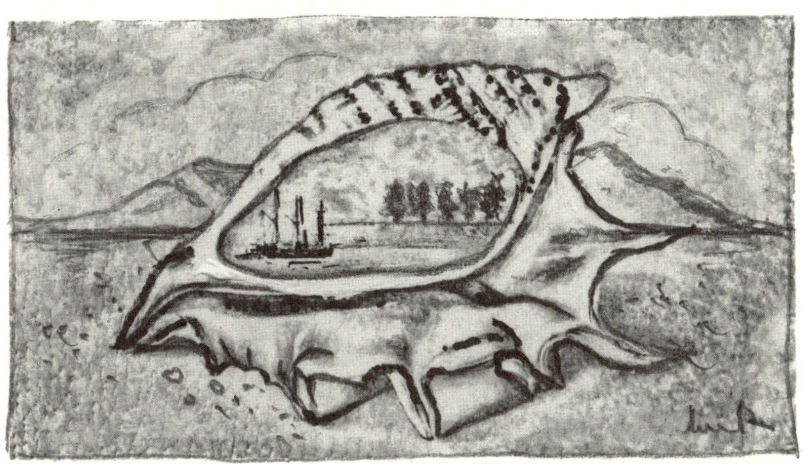

10 de abril de 1966

Karl Braun nunca había contemplado el mar de aquella manera, o quizá era que su alma atormentada y las olas embravecidas desarrollaban una empatía desconocida por él hasta ese momento, unas olas que rugían formando palios de espuma que el viento dispersaba en minúsculas gotas que le humedecían el rostro. El escaso cabello se le revolvía con el temporal y la sal cristalizaba en los labios. La saboreaba, probablemente para no extrañar su gusto una vez diera el primer paso, luego otro, hundir sus pies en la arena hasta adentrarse en el abrazo estremecedor del mar. Pero mientras tanto, inmóvil como una roca ante el proceloso gris de las aguas, bajo un cielo plomizo, antes de abandonar la vida amortajado de burbujas en el fondo marino, rememoró los últimos meses que habían asestado la puñalada definitiva a los escasos motivos por los que había seguido viviendo, el encuentro desconcertante y doloroso con el fantasma. Fue allí mismo, en la playa de Quitapellejos, donde todo comenzó...

17 de enero de 1966

Trazaba un sendero de huellas sobre la arena, unas marcas que la tenacidad de las olas desvanecía enseguida. Karl gozaba como cada mañana de aquel paseo antes de encerrarse en su casa para pintar, materializar mundos imaginarios en alguno de sus cuadros. Iba desde la Punta del Río hasta la playa de Quitapellejos y otra vez de vuelta, dejando de nuevo sus pasos impresos en la orilla en una pretensión inútil de ser más obstinado que un mar relativamente sosegado, un mar convertido en espejo solar que lo cegaba en aquella mañana de brisa y salitre. Solo la hora resultaba inusual, más tardía, la que siempre procuraba evitar para no asistir al encuentro cotidiano de los aviones que repostaban en las alturas en una maniobra majestuosa que no dejaba de asombrarle, pero no quiso renunciar al placer del saludo de las gaviotas y el oleaje.

Cuando escuchó el siniestro zumbido de los motores se sintió flaquear. Era un sonido atornillado en su memoria que resucitaba un miedo profundo, aquel que se desea enterrar para siempre, el que surgió hacía más de veinte años en su Alemania natal, y no pudo evitar el vértigo y dejarse caer sobre la alfombra de arena. A esa hora procuraba estar en casa, la radio canturreando por Marifé de Triana o Juanito Valderrama, y así camuflar el ronroneo desasosegante. Se había creído fuerte, capaz de superar la prueba... Sentado frente a la orilla, con la mirada azul clavada en el azul del cielo, contempló la maniobra de aproximación con el corazón martilleando el pecho: dos cazabombarderos B-52 y dos aviones cisterna apareándose a más de diez mil metros de altura.

No supo bien cómo sucedió. Primero surgió de la nada una bola negruzca que se expandió por el raso vertiginosamente mientras trasmutaba a naranja, la explosión de una estrella. Karl se horrorizó con aquella esfera de luz humeante que devoraba la atmósfera. Después casi se le reventaron los tímpanos cuando le alcanzó el estruendo demorado: parecía que el cielo se iba a rasgar de lado a lado. Sin embargo, fue incapaz de reaccionar, observando el castigo divino de una lluvia de fuego. Quizá había llegado el fin del mundo, pero eso mismo lo creyó dos décadas atrás y el mundo continuó, aunque una parte de él mismo muriese desde aquel entonces para no revivir jamás. Vamos, Karl, busca refugio, pero no se movía, ¿para qué? En el pasado muchos corrieron despavoridos y no se libraron de aquel apocalíptico fuego que consumía a bocados el oxígeno disponible, se lanzaron desesperados hacia unas calles donde hallaron la muerte, y ahora otra vez, maldita sea, otra vez, mientras los meteoritos metálicos ardían en su diluvio anunciando el desastre, la destrucción inevitable de un pueblo.

18 de enero de 1966

Pedro Fenoy pensó, mirando en derredor, que el padre Navarrete tenía razón cuando aseguró que San Antonio Abad había obrado el milagro. Se imaginó al santo golpeando con un matamoscas invisible cada uno de los fragmentos ardientes que precipitaron desde el cielo evitando que cayeran sobre casas o personas. Ni siquiera los animales habían resultado heridos, solo el verde de las huertas y los espartales, convertido el tranquilo pueblo de casas desperdigadas en la imagen de un campo de batalla tras la contienda, sembrado de hierros retorcidos y fuliginosos y por el que ahora deambulaba el ejército norteamericano en una actividad desenfrenada por paliar los efectos del cataclismo.

Pedro guiñó los ojos defendiéndose de la intensa luz solar, plantado en medio de sus tierras con las manos en los bolsillos, la camisa azul abrochada hasta el cuello y la boina incrustada en la cabeza. Miraba hacia el cobertizo donde tenía las gallinas y una cabra, unos muros que amenazaban ruina protegidos por arriba y el frontal con tablones de madera carcomida. Se acercó hasta allí por el límite de la linde con el terruño de Karl, un estrecho sendero donde crecía la hierba, y al momento percibió el olor a excrementos animales. Las gallinas estaban indemnes, como si no hubiera ocurrido nada, con el habitual revuelo cada vez que él entraba en el cobertizo, pero la cabra no estaba junto al árbol donde solía dejarla atada. El caso era que la cuerda continuaba abrazando el tronco, pero a poco más de un metro del nudo aparecía segada mostrando unos hilachos. Pedro comprendió enseguida lo que había ocurrido: en el suelo, junto al árbol, se hundía un fragmento metálico deformado por el enorme golpe, sus bordes como cuchillas, y al lado una cartera de cuero negro algo chamuscada. Estaba semienterrada, a punto de ser esquiva a ojos curiosos. Tiró de ella hasta tenerla en sus manos, como un arqueólogo descubriendo un tesoro, y le sacudió el polvo para descubrir una serie de palabras impresas en otro idioma que su escasa cultura le impedía descifrar; bastante tenía ya con vérselas con las escritas en español.

Un balido distrajo su atención cuando se disponía a hurgar en la intimidad de la cartera. Se giró y descubrió a su cabra en un rincón oscuro del cobertizo, un lugar que antes le había pasado desapercibido, y se acercó con cuidado intuyendo el miedo que la dominaba, incapaz de haber huido después de liberarse de su atadura. Pobre animal, qué susto el suyo, el impacto tremendo con un vómito de tierra y humo, y se dijo que ya vería si no dejaba de dar leche, así que intentó amansarla acariciándole el lomo, chistando con dulzura, sintiendo el temblor remanente. De su cuello seguía pendiendo el resto de la cuerda, de modo que Pedro la empujó con tacto hacia el árbol y volvió a atarla susurrándole como si se tratara de un niño pequeño.

Iba a continuar indagando cuando reparó de nuevo en la cartera de cuero que había dejado olvidada en el suelo, cuyo contenido momentos antes se disponía a averiguar. Enseguida comprobó que el impacto había deformado de tal manera la cerradura que era imposible abrirla con las manos, así que cogió un pico apoyado en uno de los muros y de un certero golpe terminó con la obstinación de la cartera por revelar un contenido que a Pedro le resultó tan anodino como si hubiese piedras en su interior.

– ¿Qué haces con eso, Pedro?

Tan abstraído estaba que no había reparado en Diego Parra. Llevaba colgada su inseparable cámara Contax, tan orgulloso de ella como el que presume de una joya, un toque de distinción recordatorio de su estancia en Suiza como emigrante, un hombre de mundo como gustaba autodenominarse. Sin embargo, lo que llamó la atención de Pedro era una buena pieza de metal agrisado que Diego arrastraba y en el que se distinguían en letras negras mayúsculas las siglas USAF.

– Estaba mirando esta cartera que ha lanzado aquí la explosión. Un poco más y le da a mi cabra. ¿Y tú? ¿Qué llevas ahí?

– Esto es un trofeo de guerra, un trozo de avión de los americanos. Oye -dijo dejando el objeto en el suelo-, ¿tú sabes manejar la cámara?

– ¿Por qué lo dices?

– Pues para que me hagas una foto con este cacharro, de recuerdo. Lo que ha pasado aquí hará historia, te lo digo yo.

Pedro se encogió de hombros y atendió las explicaciones de Diego Parra. Conforme lo retrataba más se convencía, viendo los ojos de satisfacción de su vecino bajo sus tupidas cejas rubias, de que en el fondo Diego se regodeaba de lo sucedido, que el destino había sido generoso ubicando el tremendo accidente en aquel humilde lugar para que una persona cosmopolita como él pudiera formar parte de un acontecimiento sin duda de trascendencia mundial.

20 de enero de 1966

Tres días pasaron, tres, para que los norteamericanos admitieran la gravedad de la situación, para que su anuncio produjera en las gentes del pueblo un escalofrío, un miedo asociado al desconocimiento, al término perverso que ya les sería familiar para siempre: radiactividad, algo inasible, etéreo, que flotaba en el ambiente, sobre todo alrededor de aquellas dos bombas cuyas cargas de TNT estallaron dispersando un aliento de muerte retardada. Bombas de hidrógeno les dijeron. ¿Y eso qué demonios era? Después les hablaron del plutonio que llevaban incorporadas como detonantes, y después ya no les hablaron más, solo contemplaron aturdidos cómo se convirtieron en condenados prematuros, aislados del mundo como si el pueblo se hubiera convertido en una leprosería, en cuarentena sin poder abandonarlo, huir a un lugar seguro, obligados a inhalar los vientos impuros y malditos. Hubo otra bomba más salvada por el paracaídas, y otra más jugando al escondite a saber por dónde, si entre los recovecos de los eriales, algún pozo o quizá oculta por el manto impenetrable del mar a donde habían ido a parar cientos de pedazos de los dos aviones siniestrados.

Pedro Fenoy contemplaba con los puños cerrados el desfile de soldados extranjeros portando banderines con los que delimitar los terrenos contaminados, el revoloteo hipnótico de los helicópteros, la invasión marítima a cargo de una flota que remedaba un pequeño desembarco de Normandía. Le disgustaba aquella intromisión en su calmosa rutina y que su cosecha de tomates y maíz estuviera siendo arrancada por las máquinas para arrojarla a un enorme agujero excavado en la tierra, pero sobre todo se preguntaba con qué derecho habían hipotecado el futuro de un pueblo aquellos tipos arrogantes que los miraban como si fueran transparentes, dueños absolutos de aquella extensión plagada de despojos llovidos del cielo. Incluso ya habían instalado su campamento en la playa de Quitapellejos, convencidos de que no sería cuestión de cuatro días.

Desvió la mirada hacia la casa de su vecino Karl, de muros albinos y refulgentes bajo los rayos del sol, con su inconfundible pozo enrejado y seco delante del porche. No lo había visto desde el día del accidente y recordó cómo le había afectado el descubrimiento de los cadáveres calcinados, aquellos siete tripulantes que no pudieron librarse del tormento de las llamas y que cayeron, por esas ironías crueles del destino, junto al cementerio, como si supieran que era allí donde deben reposar los muertos. A todos los de la cuadrilla les impactaron aquellas carnes renegridas cuyas tiras se fundían con la tela de los uniformes. Bueno, a todos menos a Diego Parra, quien impertérrito no perdió la oportunidad de inmortalizar con su Contax a quienes ya no podían ser inmortales, la satisfacción inscrita en su rostro. Sin embargo, Karl se había desmoronado como si fuera un Atlas al que el peso del firmamento se le hubiera hecho insoportable, irrumpiendo en un llanto amargo.

Pedro pasó delante del pozo y golpeó con los nudillos la puerta del alemán. La única respuesta fue el sonido desabrido del silencio, a pesar de la insistencia, y ya se marchaba cuando percibió con claridad el ruido de cristales trizados en el interior de la casa. Karl debía de estar dentro, quizá inapetente de contactar con el exterior, pero eso no hizo sino intranquilizarlo más, echar mano de la llave que sabía que su vecino guardaba bajo la maceta junto a la puerta. Le golpeó el agrio olor a arcadas de vino peleón y, sobre todo, descubrir a su amigo arrojado en el suelo entre las inmundicias de su propio vómito y los cristales afilados de la botella rota. Levantó como pudo toda la humanidad de aquel corpachón y lo tumbó en el sofá, intentando hablar con él, pero Karl no atendía, solo deliraba ininteligiblemente con un miedo tan profundo como los abismos oceánicos.

15 de febrero de 1966

La situación se estaba volviendo insostenible y así lo atestiguaban los rostros curtidos por el sol, el viento y el salitre de los habitantes del pueblo, agentes erosivos a los que ahora se les había unido otro de efectos fulminantes: la preocupación. La taberna de Montoya los amparaba del helor nocturno, congregados bajo las luces vaporosas de los quinqués y envueltos en una niebla de nicotina, cigarrillos sin filtro que colgaban de los labios con una dejadez estudiada y chulesca, chatos de vino sobre el mostrador de madera carcomida y las mesas ajadas. En un rincón, ajenos al bullicio, Diego Parra y Karl Braun dirimían una batalla incruenta en el tablero de ajedrez, inmersos en una dimensión introspectiva de torres, alfiles y peones intentando adueñarse de las posiciones ventajosas que debelaran al enemigo, y mientras, revoloteando a su alrededor, la ansiedad surgida por las posibles consecuencias de la radiactividad, esa mano incorpórea que ya podría estar minando su salud. Y también la desolación por las cosechas perdidas y el aislamiento forzoso; a ver cómo afrontaban las deudas contraídas con los bancos, porque las indemnizaciones prometidas se adivinaban cicateras. Como salido de un trance, Diego abandonó la partida y se hizo eco de la urdimbre de conversaciones que inundaban el local.

– ¿Queréis dejar de quejaros de una puta vez? -dijo levantándose con el vaso de vino y dejando a Karl con la reina que daba jaque en la mano. El silencio se hizo absoluto-. Vale, ha ocurrido un accidente tremendo, pero ¿acaso ha habido algún herido o algún muerto entre los nuestros? ¡Ni uno! Solo esos desgraciados pilotos. Uno se lamenta de que la balsa ha quedado destrozada, otros que si las cosechas. ¡La mía también! Lo que yo digo es que no hay que preocuparse. Estamos hablando de los Estados Unidos, señores, el país más poderoso del mundo. En unas semanas será como si no hubiese ocurrido nada, todo limpio, cada uno con el dinero en su bolsillo y tan amigos. Así es como funcionan las cosas en los países desarrollados y no en este lugar de catetos. Era lo normal en Suiza -apuntilló con un halo de soberbia.

– Allí tenías que haberte quedado si tanto te gustaba.

La voz surgió a espaldas de Diego. Cuando se giró se había extinguido, camuflada entre una jungla de rostros burlones. Él frunció el ceño, el rostro enrojecido de alcohol e irritación. Golpeó con tal violencia el vaso sobre la mesa que las salpicaduras se convirtieron en proyectiles. El labio inferior le temblaba.

– Si regresé fue porque los médicos me dijeron que aquel clima me perjudicaba.

El silencio se volvió abrumador y dañino. Tomó entre el índice y el pulgar el cigarrillo casi consumido obligándolo a brillar como ascua en la chimenea, lo arrojó al suelo de cemento y lo destrozó con dos giros del pie.

– Nunca dejaréis de ser unos paletos. Dentro de poco me daréis la razón.

Diego Parra respiraba con vehemencia, posaba su mirada desafiante sobre ojos que procuraban soslayar los suyos. Nadie quería líos con él y eso actuó como un bálsamo que le relajó la musculatura. Qué asco le daba aquella cobardía, tantos hombres allí a los que tachaba de brutos sin que ninguno se atreviera a hacerle frente. Estaba convencido de que cuando abandonara la taberna se desatarían las lenguas, entonces sí, esa manada de envidiosos que no soportaban que hubiera regresado de Suiza transformado en un hombre nuevo, un firme defensor del progreso. Solo Karl estaba a su nivel, sentado junto al tablero de ajedrez.

La tensión se fue desmenuzando entre bebidas y cigarrillos, entre murmullos que renacieron procurando tomar otros derroteros. Diego se acodó en la barra dándole la espalda a los demás, sus vecinos que ya lo ignoraban como el que se tapa los oídos para no escuchar los truenos. Le pidió a Montoya que le sirviera otro trago y que apuntara en su cuenta las consumiciones. Lo bebió de un tirón, alzada la cabeza para que el vino entrara como por un embudo, su cabello rubio rutilante con los reflejos de los quinqués. La manga de la chaqueta le sirvió para limpiarse. Luego volvió a retar con la mirada sin hallar réplica, qué más daba, y abandonó el ambiente enrarecido de la taberna para adentrarse en el frescor de la noche. Ya en el exterior, contempló el horizonte con una mano en el bolsillo y la otra sujetando un nuevo cigarro, dirigiéndose hacia la luna menguante que comenzaba a sobrevolar el mar.

4 de marzo de 1966

Apenas salía de su casa, si acaso alguna escapada esporádica a la taberna de Montoya diluido en brumas nocturnas para no ser reconocido, congeniando con el alcohol como único amigo capaz de paliar su amargura y su miedo. Desde el día del accidente sus peores pesadillas habían regresado, o para ser más exactos, los fantasmas habían traspasado la frontera con el mundo real. Estaba allí por increíble que resultara, el fantasma, en el lugar a donde había huido después de la guerra insensata. Se lo encontró cuando apareció la primera bomba intacta, con uniforme de general de dos estrellas de las Fuerzas Aéreas de los Estados Unidos, pero el fantasma no lo reconoció.

«Wilson, Wilson». Su mente era un frontón donde reverberaba el eco del nombre maldito.

Había abandonado la pintura desde entonces, arrumbada la paleta en un rincón del estudio, pero ahora, con un impulso irrefrenable, tomó un pincel y sobre el lienzo virgen fue plasmando colores fuego, rojos y amarillos, los que emergían de las cavernas más profundas de su memoria, llamas hambrientas que succionaban en un torbellino incontenible absolutamente todo, llantos desgarrados, un dolor insoportable en Dresde veintiún años atrás, una avalancha de bombas como jamás se había conocido arrojadas por turnos, primero los bombarderos Lancaster de la RAF, luego los B-17 de la USAF, destruyendo en una locura desenfrenada lo que ya estaba destruido. Renació en Karl el deseo de venganza, de matar, como en aquel lejano 1945.

Cuando no quedó ni un solo trozo de lienzo sin las tonalidades del horror, abandonó su ensimismamiento con la frente bruñida en sudor y el corazón a punto de estallar. Luego inspiró profundamente hasta recuperar la calma, huyendo del recuerdo terrible. El encierro lo estaba consumiendo, vamos, Karl, sal y reduce esta asfixia aunque sea inhalando el aire impuro de partículas tenebrosas, quizá puedas acercarte a la plaza.

El viento de levante rizaba las olas en la lejanía del mar, como a un kilómetro, abriéndose paso entre el laberinto de buques de destemplado color grisáceo, un panorama que le causó un desasosiego diferente al de su enclaustramiento, el de verse rodeado por un ejército invasor. Alzó el cuello de su chaquetón mientras recorría el camino terregoso hacia el único núcleo concentrado de casas, donde estaba la plaza. Allí guardó cola con paciencia delante del cine Capri reconvertido en consultorio médico de la Junta de Energía Nuclear. Reflejaba inquietud por mostrarse a la luz del día, era azogue ahora que ofrecía un blanco fácil para que el fantasma lo localizara. ¿No estaría equivocado? ¿No le habrían confundido los recuerdos sobrevenidos, los que habían resucitado después de que los aviones estallaran reconvirtiendo aquel lugar en una secuela liviana de su Dresde arrasado? Pronto salió de dudas, porque el fantasma estaba de nuevo allí; era como si el destino hubiese prefijado sin lugar a dudas que el reencuentro debía producirse. Al salir del Capri, Karl volvió a toparse con un Wilson en traje de campaña, el jefe de aquella operación *Flecha Rota* cuyo principal objetivo era recuperar las bombas nucleares. El americano no habría reparado en Karl de no ser porque este se había convertido en estatua, hincando la mirada en el militar con la misma rotundidad que un ancla en la arena. Los ojos de aviador de Wilson captaron oblicuamente la actitud inusual del alemán. Se detuvo en seco y se giró hacia Karl, muy despacio, como el desplazamiento de la aguja del segundero, hasta que las pupilas de ambos contactaron durante un tiempo que al pintor se le hizo eterno. El general arrendijó los ojos bajo la visera de su gorra, extrañado ante la actitud insolente de aquel vecino que no sabía por qué le resultaba vagamente familiar. Aquel duelo silencioso de miradas se hizo patente, acalló el rumor de las conversaciones, mientras los segundos transcurrían sin que ninguno diera el siguiente paso. Fue Wilson quien sacudió levemente la cabeza como liberándose de un mal sueño y reanudó la marcha hacia el *jeep*, seguido de su escolta. Karl, inerte como un árbol, se preguntaba otra vez si no estaría equivocado, si los demonios que llevaba dentro no habrían alterado su capacidad innata para reconocer cualquier rostro que alguna vez hubiera visto.

5 de marzo de 1966

El general Delmar Wilson mostraba una alegría lastrada. Ya tenían localizada la escurridiza cuarta bomba junto a un talud submarino gracias a las indicaciones de un pescador que la vio descender suspendida de su paracaídas con la placidez de una pluma. Pero la carpeta de combate no aparecía por lado alguno y eso le preocupaba tanto como la búsqueda de la bomba. De nada había servido rastrear con meticulosidad de relojero los campos circundantes, las inmersiones de los hombres rana y los minisubmarinos en las acristaladas aguas del Mediterráneo. Quizá hubiese sido consumida por las llamas en la tremenda explosión que asoló el cielo, pero el hecho de encontrar la cabina del B-52 casi intacta le indicaba a su intuición que no había sido así.

El general Arturo Montel estaba sentado frente a él, con un aspecto que más bien parecía el de un jubilado apoltronado en el sillón de casa. La papada le caía sobre la guerrera mientras daba profundas caladas al cigarro puro que en su boca adiestrada era una fábrica de roscos de humo azulado.

– Esa cartera contiene documentos importantes, general –le dijo en inglés Wilson a su colega español-. Convendría que ordenara a sus hombres que interrogaran a la gente del pueblo por si alguien la hubiera encontrado tras el accidente.

– No se preocupe, Wilson. Hoy mismo hablaré con el responsable de la Guardia Civil.

Al norteamericano no le resultaba simpático aquel personaje de tebeo que a saber cómo había conseguido las estrellas que lucía en su uniforme. Pero a pesar de todo, era su nexo con las autoridades españolas y había que tratarlo con cortesía. Le sirvió un poco más de whisky.

– ¿Cómo se lleva el aislamiento en el pueblo? –preguntó sin que en realidad le importara mucho. De algo había que hablar.

– Bueno, protestan; están nerviosos y preocupados. De hecho, me han informado que anoche detuvieron a un ciudadano que pretendía cruzar el cordón de seguridad, un alemán que vive aquí desde hace ya bastantes años.

– ¿Alemán?

Delmar Wilson permaneció unos instantes absorto. Daba la sensación de que se había ausentado del mundo, ignorando por completo la verborrea que mantenía Arturo Montel conforme un huracán de remembranzas provocaba un efecto devastador, desencadenando una tormenta de asociaciones: una figura y un rostro que no había visto en décadas, transformados sin respeto por el tiempo, unos ojos que se cruzan de nuevo al cabo de los años en el lugar más inesperado, tanto que le resultaba imposible creerlo. Sus facciones habían ido sufriendo un cambio gradual. Quedó boquiabierto al descubrir el tremendo error cometido, la respiración agitada. Luego arrugó la frente con los párpados fuertemente cerrados, los labios comprimidos, encorvado por un repentino dolor, el mismo que sintió cuando una bala le perforó el pecho hacía ya una eternidad.

7 de marzo de 1966

Que Diego Parra apoyara incondicionalmente la labor de los norteamericanos le había condenado al ostracismo por parte de sus vecinos, desencantados por las prometidas y avaras indemnizaciones que no llegaban, asustados por lo que la amenaza invisible del plutonio pudiera estar operando en sus organismos. Diego achacaba el desprecio a la envidia, a que sus paisanos no soportaban que hubiera regresado de Suiza convertido en una persona renovada, desdeñosa con el atavismo primitivo enraizado en el pueblo. Ni siquiera usaba boina como era costumbre. Y no se percataba, ciego y sordo, de que su propia soberbia era la que creaba el escalón insalvable, acrecentado ahora por posicionarse del lado de los culpables del desaguisado. Pero ya estaba harto de evitar el encuentro con los demás, de no acercarse a tomar un vino por temor a las miradas recelosas, de modo que aquella noche oscura como la boca del lobo, de lluvia espesa y continua, se despachó a gusto en la taberna de Montoya. Se encontraba ahíto de alcohol y nicotina con los brazos apoyados en la barra, rodeado de una multitud pero con la soledad de un náufrago en una isla desierta. A sus oídos abotargados llegó el rumor de las conversaciones que comentaban los interrogatorios de la Guardia Civil, de casa en casa buscando no sabía qué.

– ¿De qué habla la gente, Montoya?

El tabernero se volvió con desgana.

– ¿No han ido a tu casa todavía los civiles?

– No. ¿Para qué?

– Por lo visto buscan una cartera negra que se les ha perdido a los americanos.

En la mente enturbiada de Diego surgió una imagen difusa: él arrastrando el trozo de ala con las insignias de la USAF, Pedro Fenoy trasteando en su cobertizo con un objeto venido del cielo, un maletín negro con inscripciones en inglés. Sintió un hormigueo en el estómago, el de la codicia, la posibilidad de hacerse con el botín, trocarlo por una recompensa como la prometida al pescador que localizó la bomba; le permitiría dejar atrás para siempre aquel pueblo de estúpidos, que se hundieran todos en el fango. En sus ojos etílicos se adivinaba una fuerte determinación: había que actuar con urgencia.

Esa misma noche, Pedro Fenoy pagaba los efectos de haber pasado el día encogido por los nervios. Desacostumbrado a mentir, desconocía los verdaderos motivos por los que no confesó a los guardias civiles que él tenía la cartera que buscaban; quizá el rencor latente contra los americanos fuese la razón. Desde el día que el maletín de cuero estuvo a punto de acabar con su cabra, lo había sustraído de ojos indiscretos bajo la leña amontonada en el cobertizo, el mismo lugar al que ahora había decidido dirigirse para deshacerse de aquel objeto de deseo que le quemaba como las brasas, pero afianzado en su determinación de que no llegara a manos de sus legítimos dueños. Solo había una persona en la que confiara plenamente: su vecino Karl Braun. Sin duda, él sabría qué hacer con la cartera.

– ¿Dónde vas, Pedro, con la que está cayendo? -le preguntó su esposa.

– Voy un momento al cobertizo. Vuelvo enseguida.

Pero no volvió pronto, ni siquiera al amanecer que se desperezó entre las sombras de una cortina de lluvia, ni al día siguiente ni al otro, sumiendo en un desconsuelo infinito a su mujer. La gente se preguntaba cómo era posible con el cordón de seguridad que rodeaba al pueblo que hubieran desaparecido dos personas, porque desde aquella infausta noche tampoco Diego Parra dio señales de vida.

9 de marzo de 1966

Karl Braun se encontraba como el que asiste al Juicio Final pero con un paso previo por el terrible purgatorio. Su piel era un lienzo en donde los golpes habían pintado sangre y hematomas, los que le habían propinado los soldados norteamericanos que le habían secuestrado en su propia casa. Sin embargo, el daño más profundo procedía del miedo que le agujereaba el estomago, quizá porque intuía que aquella noche podría ser la última. Delmar Wilson lo observaba con ojos de hielo bajo la pálida luz eléctrica de la tienda de campaña, interrogando a aquel alemán con las manos esposadas que negaba una y otra vez, sometiéndolo a una tortura física y psicológica.

– Te lo voy a volver a repetir -dijo el general en inglés, rodeando con sus pasos a un Karl hecho un cristo-. El bombardeo de Dresde, ¿recuerdas? Claro que sí, imposible olvidar aquello, una putada para vosotros y para los que estábamos prisioneros. Todavía hay noches en las que sueño con las llamas, pero esa no es la peor pesadilla, ni mucho menos, sino otra en la que un desgraciado me apunta con la Luger sin posibilidad de defenderme. ¿De veras que no te acuerdas de mí? Te repetí mi nombre varias veces antes de que me dispararas: capitán Wilson. ¿Olvidaste cómo me llamo?

El americano tomaba a su rehén por el jersey sacudiéndolo con violencia. Karl tragaba saliva. Ya ni siquiera se molestaba en contestar.

– ¿Sigues negándolo? ¿Me dices que no serviste en la *Wehrmacht* durante la guerra mundial? -El general tomó una carpeta de cartón de su mesa-. Aquí he obtenido información sobre ti, tu propia embajada me la ha proporcionado, y te puedo asegurar que no coincide con lo que me dices.

Karl sentía cómo se derrumbaba el frágil castillo de sus argumentaciones. Su mirada azul se desplomaba hacia el suelo.

– ¿Por qué me mirabas de aquella manera el otro día? Me reconociste, ¿verdad? No podía imaginar encontrarme de nuevo contigo, menos aún en un lugar como este, pero tú supiste quién era yo. Supongo que los remordimientos han hecho que mi cara se te quede grabada para siempre. Bendito destino que te ha traído a mis manos.

Karl cerraba los ojos, le dolía respirar. Intuía su fin, la venganza consumada después de tanto tiempo.

– ¿Sabes qué? -continuó Wilson-. Creo que nos quedamos cortos en Dresde, teníamos que haber sido más contundentes. Todavía disfruto recordando cómo se quemaba la gente, cómo gritaba. El olor a carne chamuscada no es desagradable si se trata de la de un nazi asqueroso. ¡Dime! ¿Te acuerdas de aquello, del fuego, del horror, de las bombas?

– ¡Hipo de puta! ¡Cállate!

– ¿Murió alguien cercano? ¿Tu mujer quizá, tus hijos, tus padres? ¡Que se jodan en el infierno!

– ¡Vete a la mierda! -exclamó Karl enfurecido, tratando de golpear con una rodilla a su torturador. Lo único que consiguió fue un puñetazo que le volvió a reventar la nariz.

– ¡Claro que fuiste tú! ¡Dime por qué lo hiciste, dímelo!

Ahí el alemán se derrumbó por completo, desbordado el llanto, sobrepasado el límite del aguante.

– Tú lo has dicho. Vuestras bombas arrasaron mi ciudad, mataron a mis padres. -Las lágrimas le enturbiaban la vista, los labios le temblaban-. Cuando te vi entre los escombros suplicando ayuda, cuando distinguí tu uniforme, me volví loco. Sentía ganas de matar y tú te cruzaste en mi camino. Habría hecho lo mismo con cualquier prisionero americano. Lo único que lamento es que no murieras; debí vaciarte el cargador.

–Yo no fallaré, te lo prometo.

Del cajón de la mesa Wilson sacó su pistola y la colocó en la sien de Karl. El ruido producido al retraer el percutor fue tan siniestro como la voz del diablo. Sintió la frialdad del cañón sobre su piel, la humedad tibia de la orina recorriéndole las piernas.

–No puedes hacer esto. Es un asesinato a sangre fría.

–¿Que no puedo? ¿Crees que alguno de mis hombres lamentará que haya matado a un nazi asesino? Nadie se va a enterar de que tu cuerpo se lo han comido los peces.

Karl apretaba los puños, los ojos, los músculos, aguantaba la respiración aguardando trémulo el instante final. Sin embargo, una idea lo alumbró en aquel postrer momento.

–¡No lo hagas! Tengo algo que os interesa.

Wilson presionó más aún el arma en la piel sonrojada del alemán.

–No me vengas con artimañas.

–El maletín que buscáis.

Wilson dejó de respirar un instante.

–Mentiroso.

–Es cierto. Sé que en él están las claves secretas de los destinos de los B-52 y el modo de operar en caso de conflicto nuclear. Lo he leído.

La mano que empuñaba la pistola se descolgó como si se hubiera vuelto de cemento. Para Karl era el momento de jugar su última baza.

–La cartera se la he confiado a una persona del pueblo. Sabe la importancia de lo que contiene y en cualquier momento puede hacer un uso interesado de ella. Mátame y quizá llegue a las manos de quienes queréis evitar. Déjame libre y la tendrás.

10 de abril de 1966

Karl contemplaba el combate de las olas que barrían la orilla dejando una mancha de espuma. El mar presentaba un profundo gris, como si hubiera heredado el color los buques de guerra que ya habían partido después de recuperar la cuarta bomba y de que el embajador estadounidense se diera un baño en aquellas aguas junto con un ministro español cuyo nombre no recordaba, un intento mediático de demostrar que la radiactividad había sido tan solo un mal sueño.

La vida continuaba a pesar de todo, pero ¿qué tipo de vida? A Karl se la habían destrozado para siempre en aquellos días atroces de 1945 y desde esas fechas no había hecho sino sobrevivir como lo podría haber hecho un vegetal, muertas las ilusiones, desencantado con la condición humana. Todavía no entendía por qué se había aferrado a ella cuando lo interrogó Wilson. Quizá hubiera sido mejor que allí mismo le descerrajara un tiro. Después de todo, él también había acabado matando, no a aquel capitán americano como creyó durante dos décadas, sino que había asesinado a Diego Parra. Se le representó por última vez la noche fría y lluviosa cuando escuchó los ruidos inquietantes cerca de su casa, al lado del cobertizo de su vecino Pedro, cuando se asomó y contempló a la pálida luz del quinqué el rostro fiero de Diego porfiando con Pedro Fenoy por la cartera perdida, hincándole un pico en el pecho. Fue un acto instintivo: con el mismo quinqué le destrozó el cráneo a Parra en defensa de su vecino al que ya se le escapa el último hálito. No supo qué hacer después, solo sintió el terror inmenso de que lo acusaran de los dos asesinatos, que no tuviera posibilidad de expiación, y arrastró los cuerpos hacia el pozo seco frente a su casa y allí los sepultó con piedras. La lluvia se encargó de terminar el trabajo borrando cualquier vestigio del crimen.

Sí, qué miserable había sido la vida con él, y ahora se sumaba la culpabilidad insoportable de tener las manos manchadas con la sangre de su amigo.

Le pareció que el mar agitado lo llamaba, que susurraba su nombre el viento, ven Karl, descansa ya de una vez. No había posibilidad de retorno y sus pies se fueron humedeciendo, luego el pantalón y poco a poco fue envuelto por las olas que extendían sus crestas como manos homicidas. Solo quedó en la orilla, arrojado sobre la arena, un último testimonio: el cuadro que pintó arrebatado y en el que aparecía difuminada la figura espectral de un uniforme del ejército norteamericano entre una maraña de colores fuego, el rojo y el amarillo, la representación del infierno que nunca le había abandonado desde el bombardeo de Dresde y que se le volvió a representar una fría mañana de enero en el cielo de Palomares.

EL POZO Nº 7

Antonio Ortega

Cuando vio el coche de la Guardia Civil por el estrecho camino de tierra que llegaba hasta la casa nueva, mi mase se asustó. No era habitual, pero los colores blanco y verde de su pintura y el enorme escudo en sus laterales, con la corona, las fasces romanas y la espada, las tres de un dorado reverencial, ya los había reconocido alguna vez por la carretera. Incluso, muchos años atrás, en los papeles que su tío Miguel guardaba sigilosamente en la cámara del trigo del cortijo de Los Reyes, la casa del abuelo donde nacimos mi hermano mayor y yo, ahora habitada por un matrimonio irlandés de cara rosada ambos y apegados al vino con la devoción de Lázaro de Tormes.

Guardaba en su memoria los episodios violentos que hubo de sufrir en la no tan lejana posguerra. Un miedo atávico que la obligaba a sellar en absoluto silencio aquellas verdades inconfesables. Jamás oímos una palabra de aquello. Pero claro, como una fugaz señal de peligro, a su mente llegaron los interminables días en que su padre y su tío hubieron de desaparecer, uno para varios años, el otro para siempre. El día era soleado, espléndido, y el rugido del Land Rover se hacía a cada instante más grueso. Ninguna confianza, desde luego. Estaba sola.

Su tío Miguel desapareció sin dejar rastro una tarde de invierno a principios de los años 40. Salió como era imperativo en él, a lomos de su caballo, blanco y bello el animal, guapo y trajeado el hombre, joven y osado, amén de muy culto y gran lector. Llevaba el morral a la espalda en el que no faltaban varios libros que, por cierto, nadie supo nunca cómo se hacía con ellos. A menudo eran libros prohibidos, otras veces novelas de amor. Un ejemplar de *Guerra y Paz*, de Tolstói; otro de Dostoievski, *Los hermanos Karamazov*, y así muchos más. Libros de medicina, de filosofía, de geografía. Salió una tarde gris, decía, con su sonrisa permanente. Parece que dijo que iba a leer con sus amigos a la fuente de Los Reyes.

Jamás se supo nada de él desde aquella tarde. Una tragedia anónima en el corazón de España. Otra familia rota. Ni una nota, ni una llamada. Nunca una carta que dijera dónde se encontraba enterrado el cuerpo de Miguel. La pena interminable de las familias de este viejo país que aún no han enterrado a todos sus muertos. No hay dolor más fuerte que saber que no vas a saber en qué cuneta de qué camino hay unos huesos que son tuyos. Mi abuelo calló, mi madre calló. Se hizo un silencio estruendoso. Yo era muy chico. No entendía nada. Alguna vez oí a mi madre repetir insistentemente, eso sí, cuando estaba sola, «qué guapo era, qué guapo era».

Por eso sé que aquel episodio seguía hurgando su pecho con lágrimas de amargura. Pero no sé por qué le vino a la memoria aquel día que la Guardia Civil llamó a su puerta. Y cuando se colocó frente al cabo para preguntarle el motivo de aquella inesperada visita, le temblaban las piernas como a una colegiala que fuese regañada por su maestra.

– Buenos días, señora -se presentó el cabo con una actitud seria y rutinaria, consciente de su autoridad.

El conductor del todoterreno se había quedado dentro con el motor en marcha. La visita parecía corta, otra vez la intuición de mi madre, supongo.

– No se preocupe. Solo queremos saber cuántas personas viven aquí con usted. Tenemos la orden -prosiguió- de identificar a los vecinos de ambos lados de esta carretera hasta llegar al poblado de San Francisco... bueno, el que se dará pronto a esta pedanía -terminó de decir. Y esperó a que mi madre contestara.

– Mis dos hijos y yo, señor -contestó ligeramente aliviada. Y siguió hablando-. A veces viene a dormir mi padre, que vive en Los Reyes y se baja por las noches para no quedarse solo. Mi marido está trabajando en Alemania, ahora está en el puerto de Hamburgo, en una fundición, trabaja muchas horas al día, viene solo unas semanas en verano, quiere ganar dinero y terminar la casa y venirse a vivir con su familia.

La vena de su excepcional oralidad. Así podía estar hablando varias horas. Siempre con cosas que decir, siempre llena de ideas y hechos que contar. Poseía un hilo discursivo propio de la tradición oral, aquella que en épocas remotas edificó un hermoso edificio de cuentos a la luz de la luna. Hubiera sido una extraordinaria monologuista.

No obstante, con algunas dudas aún, preguntó:

– ¿Para qué necesitan nuestros nombres?, ¿qué ha pasado?, ¿ha sucedido algo malo por esta zona? -continuó imparable-. Llevamos varios años aquí y nadie ha venido antes a ver quiénes somos -y dejó en el aire su reflexión.

De nuevo el pasado se le acercó con su aciaga ignominia. El miedo a que algo horrible pudiera aproximarse a aquella casa que empezaba de nuevo con dos niños y una vida por delante. El pasado silenciado como una marca en la piel. Los años que su padre tuvo que huir de la vieja casa, esconderse en un lugar desconocido y esperar a que todo pasara. O se olvidara.

Un imposible, en verdad. El régimen franquista se estableció en el poder y no hubo olvido ni perdón. El abuelo Antonio se arriesgó a saltar de un camión de prisioneros y deambuló solo y perseguido durante semanas y meses hasta que pudo alcanzar la sierra de Vélez Rubio y bajar hasta alguna cueva de difícil acceso cerca de Jibeley. Allí pasó varios años. Hasta allí le llevaban comida y agua por veredas o campo a través en las noches lúgubres de la historia.

– De acuerdo, señora. Tomo nota. Me dice los nombres, la edad y el parentesco de todos y terminamos la tarea, ¿vale? -dispuso el cabo y sacó una libreta y un bolígrafo de la cartera de cuero donde portaba documentos de diversa índole. No se quedaba a gusto ella. Empezó a dar los datos con desgana y el cabo notó su nerviosismo.

– Le insisto que no tiene de qué preocuparse, señora -parecía sincero-. Tenemos una misión y debemos cumplirla rigurosamente. Le puedo informar que en los próximos días habrá un evento muy importante en esta tierra y tenemos que saber quién habita en cada casa. No se preocupe -insistió esta vez de forma más tajante.

Ya no cabía ninguna interrogante más. Su actitud era de pocos amigos y se hizo un silencio roto por algunos pájaros que volaban sobre el tejado de la casa o el quejido de los animales pidiendo comida en los corrales que habían levantado detrás.

Mientras el cabo terminaba de anotar los datos de los habitantes de la casa, bandadas de golondrinas pasaban muy cerca en un vuelo bajo que nos resultaba habitual o natural. El hombre no entendía aquel proceder de las aves y levantó su cabeza sorprendido por las sombras fugaces, que oscurecían el cielo como las nubes pasajeras. Yo sabía que las golondrinas son un reflejo del tiempo. Si vuelan bajo anuncian mal tiempo.

Cuando acabó, cerró la libreta y la guardó en la cartera de cuero, de un color negro resplandeciente. Se adivinaba un escudo de metal dorado con un águila, yugo y flechas, similar al que había pintado en el coche. Se disponía a girar y marcharse pero, con un gesto de difícil interpretación, se detuvo y preguntó:

– ¿No vive aquí nadie más? -con un tono inquietante-. Porque pasarán a visitarla otras personas en unos días y espero que dé los mismos nombres que me ha declarado a mí. Los que vienen no se andan con chiquitas. Se lo digo por su bien -advirtió muy serio-. No le puedo dar más información, señora. Buenos días.

Y agarrando en bandolera la cartera, se fue para el coche. Subió y al instante se alejó por el camino hacia la carretera, dejando a mi madre muy preocupada y pensativa. Trataba de descubrir qué se escondía tras aquella visita inesperada.

No sabía qué hacer. Entró en la casa y cerró la puerta con llave. Casi nunca esa puerta de entrada se cerraba con llave por el día. Las casas del campo son de tradición hospitalaria y de confianza mutua entre vecinos. No había que cerrar la puerta de la casa mientras se hacían tareas en las tierras. Tampoco sabía qué pensar. Qué quería decir un «evento muy importante». Estábamos mi hermano y yo muy callados, esperando alguna decisión importante o por dónde iba a salir mi madre tras la visita. Así pasó un buen rato sin que ninguno se atreviese a hablar. No teníamos tele y la vieja radio se oía con interferencias todo el tiempo. Mi madre no la manejaba bien, el abuelo no sabía de esas cosas y nosotros éramos tan pequeños que la forma de enterarnos de los acontecimientos venideros se nos quedaba grande. Faltaban muchos años para el teléfono. Quizás en la mente de Aldous Huxley o Isaac Asimov. Pero no en una familia pobre de la deprimida geografía de Huércal Overa, en un rincón desértico de Úrcal o en unas hectáreas de regadío de El Saltador.

La visita le había abierto demasiadas heridas y tenía que tranquilizarse. Habían pasado muchos años de aquello, acaso veinte. No podía haber ninguna relación con la actualidad o con el presente. Un evento era algo por suceder, un acontecimiento que alguien había considerado como importante para aquellos agricultores cansados de trabajar la tierra estéril, ahora fértil por la llegada del agua. La mayoría desconocía lo que ocurre fuera de sus bancales, solo escuchaban las conversaciones de los vecinos y los avatares de algún familiar llegado del extranjero. Las cosas del Gobierno les eran ajenas. Más aún en aquella época de libertades limitadas y silencios cómplices. Nadie preguntaba, nadie contestaba a preguntas incómodas. Antonio Molina y Lola Flores. Y *España para los españoles,* en RNE.

Después de comer, se echó a la cintura el fardo de la ropa sucia y se dirigió al canal de agua que ya corría cerca de la casa de José Juan. Tenía que pasar por delante de su puerta y como siempre pararse a hablar un rato con la vecina Beatriz, una buena vecina, honesta y bondadosa, con la que hablaba de los hijos, de las familias de los alrededores y de las cosas pequeñas que pasaban en San Francisco, el pueblo de colonización fundado tres años más tarde, en 1964, aunque desde años vivían familias venidas de La Mancha y otras que regresaron del extranjero. Habían llegado hasta allí de procedencia diversa a ocupar aquellas casas hechas con la misma línea arquitectónica, como los pueblos blancos de Andalucía, encalados con paciencia para repeler la dureza de los rayos de sol. Procedían de Castilla, de Andalucía o de Murcia. Era una vecindad obligada a entenderse. Las reuniones en el centro de Colonización para Asuntos Laborales o en la sacristía de la iglesia reluciente para planificar las fiestas del patrón San Francisco serían inciertas. Un nuevo mundo abierto para los que llegaban nuevos, o para los que moraban muchos años en aquellas tierras sedientas que esperaban el agua para convertirse en las más fértiles de la provincia.

Dejó la cesta de la ropa en el suelo y llamó a su vecina Beatriz que, como siempre, estaba dentro de su casa; casi nunca salía a la calle, una mujer apegada a su familia con una servidumbre ancestral hecha en la naturaleza de las gentes que se aferran a su pequeño dios menor bajo un humilde techo. Recibía con un gesto de cariño y una media sonrisa de afecto. Hasta ahí llegaba Beatriz. Alguna conversación junto al canal donde lavaban mi madre y ella. Era una persona de confianza. Tener buenos vecinos es una suerte inmensa para cualquier familia en el campo. Más que suerte, una imperiosa necesidad. Por eso mi madre le preguntó de golpe, nada más entrar en la habitación del salón:

– ¿Sabes que ha estado la Guardia Civil en mi casa esta mañana? -pronunció con intensidad-. Me han pedido que diga quién vive en la casa. No sé qué querrán. Tengo un poco de miedo.

La cara de Beatriz era de incredulidad. No tenía ni idea del asunto. Miró interrogante a José Juan que entraba con unas hortalizas y el ademán de este la convenció de su absoluta ignorancia. José Juan era un trabajador incansable, atento a sus tierras y a sus animales. Muy poco dado a fiestas o a chismes de vecindad. Muy amigo de mi padre y preocupado por mi familia. Creo que sentía el deber de velar por nuestra hacienda y nuestras penalidades mientras mi padre estuviera tan lejos. Cuando venía de vacaciones, los dos hablaban largo y tendido. Pequeños secretos del cuidado de los animales, de la labranza de los naranjos o el mantenimiento de los olivos, la siembra de la cebada o la recogida de las patatas, momento este de gran alegría pues unas familias ayudaban a otras y así se hacía la recogida más fácil y rápida. Comíamos juntos en la misma tierra de cada casa. Patatas y ajo. Un menú que explotaba de energía. Rico rico.

– No lo sé, Felicia -acabó reconociendo Beatriz. Pensativa como ella se ponía. O eso creía yo. Quizás su único pensamiento eran los suyos. Y con eso era suficiente para ella. Vivir en paz con su familia trabajando de sol a sol. Sin necesidades materiales ni anhelos de riqueza. Simplemente así, ellos, su casa y su tierra. Bueno, y sus hijos Juana y José Juan. Vaya imaginación para poner nombres. De modo que tendré que nombrarlos como José Juan padre y José Juan hijo. Con José Juan hijo pasaba largas tardes de la infancia vagando de aquí para allá, poniendo trampas a los colorines, cepos a los ratones y sustos a las lagartijas. Nos llevamos siempre bien. No hubo jamás un problema entre nosotros. Hasta que mi hermano y yo nos marchamos al internado, primero en la escuela hogar de Vélez Rubio, una residencia de estricta normativa y castigos a la carta. Dios mío, la varita forrada de cadenas, un arma infalible cuando llegaba violentamente a las manos infantiles. Éramos niños de emigrantes, no había problema si el castigo era duro. Nadie hablaría de aquellos castigos. Una residencia hecha para sufrir. Sobre todos para los hijos pobres de las familias pobres. Posteriormente, nuestra estancia de siete años en el instituto *Cura Valera* de Huércal Overa. Harina de otro costal. Siete años de formación y jerarquías. Bueno, un trampolín para la vida adulta en otro lugar, en una Universidad. José Juan hijo era un buen vecino y amigo. Como era más joven, menos sabía de lo que podría suceder en los días siguientes.

– Lo que más me preocupa es que me han dicho que nos espera un evento muy importante. Y ese es el motivo de su visita. Saber quién vive en cada casa al lado de la carretera hasta San Francisco. Seguro que vienen también a tu casa -concluyó.

– Vaya, sí. No sabemos nada y la Guardia Civil rondando por nuestras casas. Veremos. Nosotros no tenemos nada que ocultar. Los recibiremos bien. Pero... -parecía pensar profundamente-. Bueno, ya sé. Le preguntaré a mi cuñado Joaquín. Él es el encargado de la Comunidad de Regantes. Lo han nombrado hace poco. Seguro que sabe de lo que se trata.

Joaquín era un vecino alejado de nuestra casa, pero lo conocíamos bien. Se iba a encargar de administrar y vigilar el reparto del agua. Era un hombre sensato y ponderado. Seguro que sabría qué evento nos esperaba. Era el padre de Joaquín, de Juana y de Jerónimo. Y de José Juan, Juan Francisco y María Dolores. Yo iba muchas veces a su casa corriendo o en la vieja bici, con ella un día aciago me salté parte del ojo izquierdo. Jugaba con ellos al tenis o al fútbol. Con una pala de madera hecha de las cajas de fruta sobrantes o con una pelota de trapo envuelta en papel y atada en forma de malla o red con los hilos de lana gruesa. Con Juana compartí clase todos los años del instituto. Ya adultos, cada uno tomamos una dirección diferente. Pero aún hoy siento una verdadera nostalgia de aquellos años maravillosos. Seguro que Joaquín padre tenía información más precisa de lo que se nos venía encima.

Y así fue. Un solo día después, nos enteramos de todo. Pasó por la casa de José Juan y les dijo qué iba a suceder en unos días. En ningún momento fuimos conscientes de lo que se nos avecinaba. Tal evento superaba nuestras expectativas. Ni siquiera sabía si seríamos capaces de estar a la altura de los acontecimientos. Mi madre nos miraba y no decía nada. Desconocía qué papel era el que estaba destinado a nuestras casas o a nuestra presencia en el evento. Mi hermano y yo, con 7 y 6 años respectivamente, no alcanzábamos a dibujar el futuro próximo de la carretera de Los Pozos.

El domingo 30 de abril de 1961, nada menos que el denominado Caudillo Francisco Franco inauguraría la puesta en marcha de ocho sondeos de extracción de agua que el Instituto Nacional de Colonización había puesto en marcha para poner en regadío más de mil quinientas hectáreas de tierras sedientas de El Saltador y convertir las tierras baldías en fértiles campos de frutales y hortalizas. El acto se realizaría en el pozo n.º 7, a pocos metros de mi casa. Desde ella veíamos el potentísimo chorro de agua que vertía al canal de riego que circundaba la comarca.

Nuestros sentimientos eran encontrados. Tendríamos un futuro más próspero, suponíamos. Mi padre volvería de Alemania. Todos juntos en la nueva casa. Recuerdo que mi hermano y yo pusimos algún ladrillo en los cimientos de la casa. Un hogar feliz. Mi madre decía que mi padre no era agricultor. Tampoco ganadero. Le escribiríamos una carta explicándole todo lo que se nos venía encima. Él tendría que decidir. La tierra esperaba unas manos que la cuidasen. Nosotros, unos brazos que nos abrigasen. Mi madre, un hogar feliz por fin, junto a su marido y sus hijos. Lamentablemente, debimos esperar toda una década para abrir la puerta a los sueños.

El abuelo Antonio llegó a lomos de su mula. Nos sentamos en el porche y mi madre le contó las noticias recientes. Él atendía y asentía con la cabeza a las palabras de mi madre. No teníamos todos los datos, pero nos hacíamos una idea aproximada de lo que ocurriría unos días después. Su cara seguía inmutable. Escuchaba sin pestañear. Su historial oculto a las autoridades y la desaparición de su hermano le habían forjado un muro de silencio y temor que le impedía mostrar sentimientos. No tengo ni idea de lo que pasaba por su cabeza.

El sábado 29 de abril nos despertó el estruendo de varios camiones del ejército. Una fila de vehículos con varios soldados en cada uno de ellos dirigía la marcha, otros muchos en la retaguardia vigilaban el lento avance por la estrecha carretera de Los Pozos. Más atrás, varios coches de un color negro fúnebre, inmaculados, llevarían a los mandos militares y civiles. O eso creíamos nosotros.

Lo cierto es que uno de aquellos coches negros, enormes y feos, que soltaban un chorro de humo irrespirable, giró a la izquierda y se encaminó a nuestra casa. Fugazmente, vimos que otro coche torcía a su derecha hasta la casa de José Juan. Justo detrás, un coche militar parecía dar escolta al primero y otro al segundo. Mi madre miraba desde la ventana de la cocina y nos hizo señas para que nos quedásemos junto a ella. Aquella vez sí tenía miedo de verdad. Recordaba las palabras del cabo días atrás. Tocaron a la puerta con rudeza y se oyó:

– ¿Hay alguien en casa? -mientras golpeaban con fuerza la puerta. Golpes secos, no acostumbrados. Nos pegamos a mi madre. Sabía que debía abrir la puerta y enfrentarse a no sabía qué. Así que nos cogió de la mano y apretó con tanta fuerza que nos hizo daño. Nos miró a la cara con los ojos muy abiertos y dijo:

– Voy a abrir la puerta. Quedaros aquí en la cocina y no salgáis -ordenó toda temblorosa-. No va a pasar nada, chicos, ¿de acuerdo?

Nos dejó en el rincón de la habitación y salió. Los minutos pasaron eternos. Se oyó cómo giraba las llaves y abría la puerta de la casa.

– ¿Qué desean? -preguntó nada más abrir la puerta, un instante antes de ver a dos hombres vestidos con traje oscuro y sombrero de ala ancha. Tenían cara de pocos amigos. Jamás había visto nada igual por allí. Uno de ellos metió la mano a un bolsillo de su americana y le mostró una placa deslumbrante:

– Somos de la policía, señora. Necesitamos hacerle unas preguntas -hablaba con lentitud, con la dicción de un perfecto castellano, uno de ellos. No era del Sur, imaginaría mi madre. Venía de la capital. No había duda. Gente extraña en aquellos parajes del olvido-. Señora -prosiguió-, venimos a preguntar por Antonio Fernández, su padre. Queremos saber si está ahora aquí -esperó la respuesta de mi madre con sus ojos fijos en ella.

Cayó como una bomba la frase del policía. Aquel era el único asunto intocable de la familia. Los policías de la secreta de Franco tendrían información importante del abuelo. El miedo volvió a recorrer su cuerpo. Otra vez el pasado llegando a bocajarro. El silencio de tantos años no había servido para nada. Una y otra vez volvía la cruel herida de la guerra.

– No está aquí -acertó a decir-. Viene alguna noche a dormir desde su cortijo en Los Reyes. ¿Qué sucede?, ¡me están asustando! -la voz de mi madre agonizaba.

– Tenemos la orden de hablar con él -la voz del policía era metálica-. Debemos contrastar unos documentos que hemos recibido desde el Gobierno Civil y hacerle algunas preguntas. Debe avisarle para que venga a su casa y aquí realizaremos la entrevista -ordenó de manera mecánica.

Mi madre no acertaba a asimilar la nueva situación. Temía que pudiese pasar algo grave en relación al pasado. Otra vez el pasado llamando a la puerta del miedo. La vida no es fácil en general, pero menos lo es aún para una madre sola con dos hijos pequeños en un lugar a la intemperie. En una casa-cortijo rodeada de silencio y noches lúgubres, donde los sueños se apagan con las lágrimas de la distancia. No podía más y se volvía hacia el interior de la casa cuando el policía la reclamó alzando la voz de su autoridad:

– Señora, tengo que decirle algo importante -la miró fijamente y se calló unos segundos. Quería que le prestase la máxima atención-. Le ordeno que permanezcan en su casa hoy y mañana durante todo el día. No tienen permiso de la policía para salir más allá de su camino. No pueden pisar la carretera. Ah, si viene esta tarde su padre, nos acercaremos hasta aquí y hablaremos con él. Es muy importante lo que le digo. Obedezca y no pasará nada. Es lo mejor para usted y para los suyos, ¿de acuerdo?

Continuó:

– Verá usted pasar, hoy y mañana, muchos coches y camiones, coches negros, oficiales. Y camiones del ejército. Furgonetas, tractores y un camión grúa. Van a instalar en el pozo nº 7 un gran escenario, con una enorme lona y dos torres de focos porque, aunque el evento sucederá por la mañana, son necesarias unas dosis extra de luz eléctrica para que las cámaras de televisión tengan una imagen nítida -se extendió en su explicación-. Mañana habrá un importantísimo acontecimiento en esta carretera. Se inauguran oficialmente los 8 pozos de El Saltador, sondeos era la palabra que empleaban, más enfática y misteriosa. Vienen las más altas autoridades. Estamos esperando la confirmación de la llegada de la máxima autoridad de España. Será la celebración más grande que pueda ocurrir por estos lugares durante muchos años. Todo tiene que salir perfectamente. Esa es nuestra labor y haremos nuestro trabajo con el máximo rigor -parecía poner punto y final a la larga e insólita explicación.

Pero arrancó de nuevo como si se olvidara de algo. O como si no debiera olvidarse mi madre de algo. Cambio el gesto, la forma de hablar y, con una leve mueca despectiva, apostilló:

– Ustedes, sus hijos, y si viene su padre, no salgan de la casa. Por mucho que les llame la atención el ruido, los vehículos por acá y por allá, no pueden acercarse. La documentación que tenemos de su padre puede hacerles mucho daño. Mejor obedezcan y a ver si todo pasa y el lunes la vida sigue como siempre para ustedes. Ah, sí, con más agua para regar las tierras y plantar de todo, árboles frutales, hortalizas, cereales o lo que se les ocurra. Ha llegado el maná a esta tierra seca. Han tenido mucha suerte. Volveremos esta tarde, señora -mientras se apagaba el ruido del motor, mi madre aumentaba su inquietud.

Qué información tendría la policía de su padre. Su vida era la de un agricultor abnegado que se desvive por sus almendros, olivos, higueras y campos sembrados de cebada y trigo. Jamás un problema, nunca un grito ni una mala palabra. Su único misterio eran los meses que se escondió en una cueva a unos kilómetros de la casa. Nadie supo en la familia qué episodios vivió en la guerra, ni qué papeles o documentos podían llevar su nombre, ni en qué caso o situación podía ser perjudicial para él tantos años después. Claro que las heridas de la guerra no estaban curadas ni mucho menos. Siendo tan niño como era, yo percibía los silencios de mi madre o de mi abuelo como un ejercicio de vigilancia, como una necesidad de parar la mente y el cuerpo unos minutos y tomar conciencia de que vivían una paz provisional, un sosiego capaz de saltar por los aires en cualquier momento. Un sinvivir muy palpable. Los veía mirando fijamente un punto indeterminado del horizonte y sabía, yo sabía que barruntaban nubes negras en sus pensamientos más ocultos. La verdad es que hacerse adulto en medio de esta manera incierta de enfrentarse a la aspereza de la vida te hace madurar, es un aprendizaje de la vida injusto para un niño que no es culpable de nada, por ser niño o por ser un niño pobre, da igual. No conocía a muchos, pero sabía que había otros niños que no sufrían de aquella forma tan intensa por la vida, que había niños que saltaban, cantaban, bailaban, sonreían por cualquier cosa, tenían regalos, tenían unos padres felices, unos abuelos felices, eran felices.

La historia nos pilló en el lado equivocado. Mi familia no pudo elegir, la vida los colocó en el lado de las penas, en la tierra dura de los campos de Úrcal, a merced de los vientos de África, del sol de los veranos interminables, de la sequía permanente, de sacarle un poco de dinero aquellos pedregales. Era una tarea descomunal, por eso mi abuelo trabajaba como con una fe inmensa pero infructuosa, por eso mi padre emigró a Alemania, mi tío Antonio emigró unos años después, por eso mi madre se quedó sola con nosotros en aquella casa nueva que esperaba que algún día se reuniera toda la familia para vivir como una familia. Maldita guerra que no había terminado. Una guerra interminable como los episodios de Almudena Grandes. Pues la memoria amenazaba con recuperar el miedo y volver atrás en busca de algún pecado mortal. Yo quería que mi padre volviese de Alemania y que me llevara agarrado de la mano por el laberinto mágico de la feria de Huércal Overa, allí donde las atracciones a cada lado de la calle improvisada te volvían loco de remate y con los ojos bien abiertos para disfrutar de la auténtica felicidad. Y quería acercarme al pozo n.º 7 a ver los grandes camiones militares, los relucientes coches de las autoridades, las voces de tanta gente que se acercaba a ayudar o a mirar. Yo quería ver aquella espectacular fiesta. Yo no había cometido ningún delito. Era un niño de El Saltador que le asombraba como a todos los niños aquel enorme jaleo que se había armado en el pozo n.º 7.

El abuelo llegó a media tarde. Como venía a lomos de su mula más joven, no se había cruzado con los coches que casi llenaban la carretera. Las ramblas y los caminos de tierra eran el mejor asfalto para las herraduras del animal. Fugazmente pensé que el abuelo se resistía a bajar a Huércal Overa los lunes de mercado. No sé por qué relacioné aquel pensamiento con los atajos que más le gustaban al abuelo. Ay, la vida, que envía señales.

Él decía que por la Morena veía el tren de Barcelona, que por Las Labores saludaba a un amigo, que por la rambla encontraba los mejores higos salvajes. En fin, que no quería mucha gente a su alrededor. Llegó como siempre, con su silencio a cuestas. Mi madre lo recibió con una mirada triste. Tenía que informarle de la visita de la policía de Franco. Y no era una información cualquiera. Tenía que hablarle con claridad.

– Padre, ha venido la policía secreta preguntando por ti -esas fueron sus primeras palabras-. Quieren hablar contigo. Dicen que desde Madrid les han enviado unos documentos para ti y deben hacerte un interrogatorio. ¿Qué hacemos? -una mirada de súplica y unas lágrimas afloraron a su cara quemada por el sol de todos los días.

– Ay, hija, no sé, déjame que piense -era demasiado aquella andanada de frases de mi madre, a cuál más dura de asimilar-. No recuerdo ningún documento que pueda hacer mención de algo malo. Aquello quedó en el más absoluto secreto. No hubo papeles ni delito de sangre. Solo hubo un salto del camión, una fuga y punto y final. Jamás participé en la contienda ni herí a ningún soldado enemigo. Me llevaron a la fuerza, me sacaron de la casa y me subieron a un viejo camión que levantaba una nube de polvo y humo irrespirable. Me enteré qué ejército me reclutaba encima del camión. No creo que tengan nada que pueda implicarme -concluyó.

– Pero algo tenemos que hacer -insistió mi madre-. No podemos quedarnos de brazos cruzados. Van a venir esta tarde o por la mañana. Si estás aquí ya sabes que te interrogarán.

En esos momentos cruciales que la vida nos brinda decidimos nuestro destino y el de nuestros seres queridos. A todos nos ocurre alguna vez. Qué difícil es elegir la carta buena, la carta que nos salva del peligro. Son pocos, dos o tres en la vida, pero antes o después uno se da cuenta de lo importante que fueron esos momentos decisivos. Y entiendes que la voluntad, que tu voluntad de ser libre puede chocar de frente con el azar, con el destino aciago que decide por nosotros como el río que nos lleva. Cómo aprendíamos mi hermano y yo a marchas forzadas en aquellos días infantiles.

El abuelo dudaba. No había hecho nada. Pero la historia de delaciones y venganzas estaba llena de inocentes. Sabía que la policía de Franco aún perseguía a fugitivos de toda índole. Conocía a gente que no salía de su casa. Más de un vecino pasó noches enteras en los calabozos de la cárcel. A todos les interrogaban en busca de saldar cuentas con el pasado. En busca de culpables, lo fueran o no. Una forma ingeniosa de sentir el poderoso influjo del poder. En los pueblos, en las ciudades, en cualquier lugar, el anuncio de la detención de un prófugo, de un delator, de un filocomunista o de un ateo era un triunfo del Régimen y, consecuentemente, merecedor de una medalla el héroe que había logrado tal hazaña de llevar a la cárcel a un enemigo del todopoderoso dictador.

El abuelo agarró las riendas de su mula y se marchó para su casa como alma que lleva el diablo. No quería enfrentarse de nuevo a su pasado. Los dos años en la cueva fueron suficiente. Alimentándose de manera precaria, salvo las veces que podían subirle a escondidas comida reciente de la casa, malviviendo en la oscuridad de una cueva inhóspita. Un suplicio que no quería rememorar. Un episodio al que había puesto un candado de amargura. Por eso, se fue esa tarde después de beber un vaso de agua, así lo recuerdo, desapareciendo en el horizonte del camino entre los naranjos del vecino José Juan.

La policía volvió por la tarde y preguntó a mi madre si el abuelo Antonio había llegado a la casa. Ella, temerosa y débil, les dijo que no. Esperaba la reacción de los agentes. Fueron segundos terribles. Segundos de pánico otra vez. Como la noche que murió su madre, siendo muy niña. Ojos de mujer anegada por el dolor.

– Señora, nos vamos. Ya sabe que no pueden acercarse por el pozo nº 7 -repitió la letanía de la mañana-. Ah, le da este sobre a su padre cuando venga a dormir a su casa.

Mi madre no esperó al abuelo. Tenía demasiada ansiedad para no abrir el sobre y saber qué trascendencia podía tener. Así que se puso a la tarea. El sobre llevaba una inscripción oficial. Era del Ministerio de Justicia. Levantó la solapa y sacó el documento. Empezó a leer. Su cara se volvió pálida y traspuesta, sus manos apenas podían sostener la hoja. Unas lágrimas caían poderosas por sus mejillas. Un juez firmaba la fecha, la hora y la causa de la muerte de su tío Miguel.

Veinte mil personas lo aclamaron. Mi madre, mi hermano y yo no aplaudimos a Franco la mañana del 30 de abril de 1961 en el pozo n.º 7, sito en la Carretera de los Pozos, diputación de El Saltador.

EN ALMERÍA, EN UN AÑO CUALQUIERA

ROSA SALVADOR CONCEPCIÓN

Para ti, mamá, porque te quiero con auténtica locura y devoción. Siempre estarás con nosotros.

Primavera

En un día de esa primavera almeriense en la que las golondrinas advierten la pronta llegada de un verano que en realidad nunca se fue, Francisco y Consuelo observaban desolados a sus hijos, y es que, después de toda una vida de esfuerzo para ofrecerles lo mejor, no podían evitar sentir vergüenza de ellos. Cogidos de la mano, y sin posibilidad alguna de intervenir en la conversación, estaban presenciando otra discusión familiar más, que podían sumar a la ya incontable lista de dolorosos encuentros.

Habían tenido cuatro hijos y, aunque en aquel momento se estuvieran comportando como niños malcriados, todos ellos contaban ya con más de cincuenta años. Los cuatro gritaban y gesticulaban enérgicamente, incluso Miguel que era el mayor, muy lejos de dar ejemplo con una actitud más cívica, no dejaba de dar golpes en la mesa marcando de esta forma el acento a las duras palabras con las que increpaba a sus hermanos. Sentados de manera distante ni siquiera se rozaban, ni se miraban a los ojos, tan solo lo hacían para sí mismos, y hacía el oscuro agujero que la avidez había dejado en su interior.

El que allí estuviera también Alejandro, abogado de la familia López desde hacía años, estaba pasando completamente desapercibido, ya que, por más que éste pretendiera mediar y acercar posturas, nadie lo escuchaba. Cada una de las veces que había tratado de intervenir su voz había quedado ensordecida por aquella jauría de perros rabiosos. Así que, tras varias tentativas, y sintiéndose ya exhausto, desistió optando por sentarse en un extremo de la mesa desde donde poder limitarse a contemplar aquella vergonzosa escena.

Al cabo de unos minutos se percató de que, al igual que su voz, su silencio tampoco había sido advertido por nadie, por lo que con enorme frustración pensó que quizás había llegado el momento de dar por terminada la reunión. Había empezado a recoger sus documentos cuando Adela, la más pequeña de los hermanos, se le adelantó y, poniéndose en pie violentamente, anunció de forma desafiante, «por mí no hay nada más que hablar, nos veremos en los tribunales, yo como si me arruino y me gasto todos mis ahorros en abogados...», y diciendo ésto había salido de la habitación dando un sonoro portazo.

A Adela le siguieron sus tres hermanos que, sin dejar de vociferar, salieron de forma abrupta de la sala farfullando la que todos querían que se convirtiera en la última palabra de aquel combate. Al alejarse por caminos opuestos como animales despavoridos ninguno reparó en que Alejandro se esforzaba en despedirlos con la corrección debida acompañándolos pacientemente hasta la salida de su despacho.

Mientras, Francisco y Consuelo, sin apenas fuerzas para levantarse, se habían quedado solos en la sala. Después de un largo silencio Francisco se giró hacia su mujer desconcertado, «Consuelo, no reconozco a nuestros hijos, ¿dónde nos hemos equivocado?, ¿dónde está la educación que les dimos?, ¿de qué han valido tantos sacrificios? Se comportan como bárbaros, son hermanos y se están peleando por un trozo de tierra seca. No soporto verlos así. Me destrozan por dentro...». Por toda respuesta Consuelo, consciente de su dolor, le apretó con fuerza la mano y acercó dulcemente los labios a su frente. Se esforzó en reprimirla pero, aun así, una lágrima suya terminó rodando de manera cómplice por la sien de su esposo, ¿cómo decirle que ella sufría igual?, ¿cómo confesarle que tenía la agónica sensación de que la familia unida que desde joven había luchado por tener se estaba desmoronando sin remisión ante sus ojos?, y aquello resultaba para ella tan penoso, tan desolador, tan yermo...

Siendo casi una niña había conocido a Francisco y le entregó todo su corazón, de manera que, desde ya su primer encuentro, la única ilusión de ambos había sido crear una familia en la que poder encontrar refugio en la tormenta y compañía en la calma. Las carencias habían sido muchas y los sacrificios todos, pero ninguno de los dos había escatimado en esfuerzos para lo que concebían como su razón de vivir: su familia. La misma familia que ahora les era completamente extraña y a la que por mucho que se esforzaban no lograban entender.

Entretanto, Alejandro, ajeno a esta conversación, había vuelto a entrar en la sala por si, con la acalorada discusión, alguno de sus clientes había olvidado algo. Comprobó que todo estaba en orden aunque aún parecía percibirse el eco de las voces e improperios flotando con pesadez en el ambiente. Mientras cerraba la puerta dando por terminada la jornada pensó que aquel asunto iba a ser complicado de resolver; acababa de presenciar un encuentro baldío más entre los hermanos, por lo que ya auguraba un pleito largo ante los tribunales.

Al recoger su maletín, ya en el umbral del despacho, un escalofrío le recorrió la espalda haciendo que se le erizara el vello, temió haberse resfriado, y es que durante toda la reunión no había conseguido que el climatizador funcionara, incluso los clientes se habían quejado de que la sala estaba helada, casi gélida, sin duda tendría que llamar al día siguiente al electricista. Antes que se le olvidara, se apresuró a añadir esa llamada a la larga lista de obligaciones para el día siguiente y con letra fatigada anotó en su agenda: «Llamar electricista».

Así mismo, tras unos segundos de duda, con resignación añadió también: «Preparar demanda -asunto herencia familia López. Pedir certificados de defunción de don Francisco y doña Consuelo...».

Verano

Mes de agosto en Almería, aroma a salitre, yodo y romero, risas en las terrazas de verano y un constante murmullo a verbena en todos los rincones de la provincia; y, mientras tanto, en su habitación, Paula, ensimismada en su labor, doblaba con la perfección que la caracterizaba su ropa dentro de una coqueta maleta de viaje. Había logrado convencer a sus padres para que la dejaran dormir en casa de Belén y estaba realmente contenta. Repasó entusiasmada todos los detalles: ropa, calzado, maquillaje, perfume, su bolso favorito, pendientes, collares, pulseras..., y es que aquella noche quería estar perfecta, estaba invitada a una fiesta de cumpleaños y seguro que allí estaría Sergio. Además, acababa de terminar los exámenes, como siempre con fantásticas notas, y realmente creía que se lo merecía. Tenía muy buena relación con sus padres, más aun con su madre, pero pese a ello no le había contado lo de Sergio, entre otras cosas porque no había mucho que contar, estaba segura de que él ni siquiera se había percatado de su existencia.

Paula iba siempre acompañada por sus dos mejores amigas y juntas formaban un trío unido, al que hacían llamar *las mosqueteras*, que compartía solidariamente todas sus preocupaciones y anhelos. Por supuesto que a ellas sí que les había confesado que estaba perdidamente enamorada de Sergio. Él ya estaba en la Universidad, aunque coincidían los fines de semana en un mismo local donde el trío acudía puntualmente.

Paula apenas había intercambiado con Sergio alguna que otra frase, pero las suficientes como para tener la certeza de que era su príncipe azul. Era rubio, inmensamente alto, con ojos color atardecer, sonrisa traviesa, e irresistiblemente guapo. Las pocas veces que habían hablado, Paula, pese a elegir cuidadosamente cada sílaba, se había sentido inmensamente estúpida; ella era dos años menor y a su lado se sentía tremendamente insegura pensando qué podría ver en ella un chico tan atractivo. Luego estaba el problema de los horarios. A ella aún la trataban en casa como a una niñata y el toque de queda era a la una, justo a la hora en que el ambiente empezaba a animarse. El ser hija única tampoco es que le ayudara mucho porque Paula pensaba que sus padres estaban demasiado pendientes de ella. Aunque, a su vez, también tenía que reconocer que a ella le gustaba la relación cómplice que tenía con ellos, aunque ésto no pudiera en ningún momento admitirlo ante sus amigas. Los fines de semana solían hacer en familia largas rutas de montaña y en muchas ocasiones se quedaban a dormir haciendo acampada. Entonces su padre hacía chocolate caliente y relataba historias de misterio con las que Paula y su madre disfrutaban como dos niñas. Y es que para Paula la familia era esencial. Los domingos también le gustaba ir a visitar a su abuela, que siempre cocinaba algún postre de los que Paula adoraba, aunque las torrijas eran su especialidad y, a pesar de que sabía que la abuela no debía tomar azúcar, ambas se entregaban de forma traviesa a esas meriendas haciendo de esos encuentros un gran secreto imposible de ser revelado. Un día, en una de esas visitas, confesó a su abuela que había un chico que le gustaba mucho. La abuela, viuda desde hacía muchos años, evocó con nostalgia que Paula tenía en ese momento la misma edad con la que ella había conocido al abuelo, «aunque aquellos eran otros tiempos, ahora tienes que tener cuidado y, sobre todo, hacerte respetar», había añadido la anciana de manera un tanto protectora para después jurar, poniendo con fingida solemnidad la mano sobre la caja de torrijas, que nunca desvelaría ese amor platónico a nadie; y es que la abuela María era genial.

Absorta estaba recordando aquella anécdota cuando la madre de Paula la dejó en el portal de casa de Belén. Después de atender las últimas recomendaciones y de prometer que se portaría bien, que sería amable con la familia de Belén, que no bebería, que no fumaría y que estarían en casa a la hora prevista, Paula se despidió de su madre ansiosa por encontrarse con su amiga. Ya en la casa, y tras saludar brevemente a la familia, ambas chicas se encerraron en el dormitorio de Belén; habían planeado vestirse juntas para la fiesta con lo que enseguida Paula abrió su neceser y cuidadosamente sacó el vestido que había previsto ponerse. Quizás era un poco atrevido pero la ocasión lo merecía; ruborizada imaginó que, esta vez, Sergio sí que se fijaría en ella y dejaría de verla como a una niña. Se disculparon con la madre de Belén, que insistía en que antes de salir debían cenar con la familia, y consiguieron zafarse y llevarse una par de sándwiches para la habitación. Después de apurarlos de manera ansiosa se prepararon para poner todo su esmero en acicalarse repasando minuciosamente cada detalle. Se peinaron mutuamente el pelo dando mucho volumen a sus melenas, se maquillaron con detenimiento, aunque utilizaron tonos suaves, todavía tendrían que superar el repaso de la madre de Belén antes de salir, pero no había problema, ya en la fiesta se pintarían los labios de un rojo intenso y cambiarían los zapatos planos por unos de tacón que de manera astuta esconderían en el bolso de Belén. Así que, en cuanto estuvieron listas, y con la excusa de ir retrasadas, salieron apresuradamente evitando así la última inspección inquisitiva de la matriarca.

En la puerta del local las esperaba Rita, la tercera mosquetera. Nada más entrar fueron directas a los aseos para realizar los cambios planeados y salieron de allí como auténticas divas dispuestas a disfrutar de una noche que juraron sería inolvidable. Paula, que era la menor del trío, apenas había bebido en sus salidas anteriores, a lo sumo algún *chupito* de licor, pero aquella noche quería sentirse mayor y hacer que Sergio la viera como la mujer que ya era, así que no lo pensaron y pidieron una coctelera con mezcla de distintas bebidas, todas de alta graduación. Pronto ese alcohol empezó a hacer efecto, y Paula y sus amigas bailaron y bailaron de manera divertida jurándose, entre brindis y brindis, amistad eterna. Poco a poco el pub se había ido llenando y el ambiente era realmente animado, los últimos éxitos sonaban desde los altavoces y un divertido grupo se dejaba llevar por el ritmo mientras coreaba al unísono cada estribillo. Paula no recordaba haberlo pasado mejor en su vida, aunque tampoco es que hubiera tenido muchas ocasiones para hacerlo en su aún incipiente vida nocturna, y es que, como decía su madre, tenía que reconocer que ella era, lo que se podía decir, una niña buena.

Al cabo de un rato unos chicos atravesaron de manera imponente la sala y se situaron al otro extremo de la barra. Paula no pudo evitar observar que entre ellos estaba Sergio, *«qué guapo»*, pensó. Iba vestido con vaqueros y camisa azul, con el pelo revuelto en la frente y la tez morena; parecía que hubiera estado en la playa. La mosquetera más pueril se apresuró a ir al aseo, quería retocarse, se encontraba un poco mareada, así que la acompañó Belén y Rita quedó en la barra pidiendo una ronda más. En el aseo comentaron divertidas que Rita parecía estar bastante borracha, y entre retoque y retoque rieron y rieron sin saber verdaderamente de qué lo hacían.

Al volver a la pista Paula quiso que se la tragara la tierra. Rita, con evidentes signos de no saber muy bien lo que hacía, estaba hablando con Sergio. Le murmuraba algo al oído que debía ser muy gracioso porque él sonreía abiertamente con su habitual mueca traviesa. Al acercarse Paula, Sergio la miró como nunca antes lo había hecho. Entonces Rita le susurró a su amiga de manera satisfecha: «le he dicho que te gusta... que estás pillada por él», y al pronunciar estas palabras arrastró cada sílaba con evidentes signos de embriaguez mientras hacía lo que, había que suponer, ella creía que era un guiño pícaro, aunque la torpeza fruto del alcohol hizo que pareciera más bien un mohín ridículo. Paula quiso que el suelo se abriera bajo sus pies y una terrible sensación de vergüenza le llenó las mejillas de un color intenso. Dispuesta estaba para reprender a Rita por su indiscreción cuando Sergio empezó a rodearle la cintura con sus brazos. En un principio se quedó inmóvil, había soñado tantas veces con aquel momento que ahora que había llegado no sabía muy bien qué hacer. Además, la música la envolvía de forma estridente, las luces de colores no la dejaban ver con claridad, sentía que mucha gente giraba a su alrededor, si bien ella sólo distinguía sombras, y luego estaba todo ese alcohol que quizás había sido excesivo. Entonces quiso dejarse llevar y, haciendo oídos sordos al angelito interior que le recordaba los prudentes consejos de su abuela, correspondió al gesto. Sergio la atrajo hacía sí bailando suavemente y cuando Paula vino a percatarse ambos estaban ya en una esquina oscura del local. No podía creer lo que le estaba pasando y, pese a reconocerse ebria, quiso ser consciente de aquel momento y de cómo su sueño se estaba haciendo realidad. Y esos eran sus pensamientos cuando el príncipe la besó por primera vez.

Por unos instantes todo a su alrededor desapareció y no escuchó nada más que su propio corazón que pareciera que se le iba a salir del pecho, y entonces, en mitad de ese silencio, su respiración se unió a la de él en lo que sintió como un profundo suspiro común que hizo que ya sintiera a Sergio como parte indispensable de su ser.

Pese a su embelesamiento, Paula recuperó por instante la lucidez y se reconoció a sí misma que ella hubiera querido que charlaran y conocer a Sergio un poco más y, en definitiva, que antes de besarla le hubiera preguntado por el zapatito de cristal. Aunque el fuerte aliento a alcohol que percibía la convenció de que Sergio tampoco estaba para mucha conversación, más aun, no parecía poder articular palabra y era evidente que había bebido mucho más que ella, tenía los ojos apenas entreabiertos y sólo se limitaba a canturrear con torpeza en su oído el estribillo que manaba del altavoz situado sobre sus cabezas.

Entonces, y sin apenas mirarla, la agarró con firmeza y se encaminó con ella hacia la salida del local. Paula pensó que era la primera vez que la cogía de la mano y, pese a que le extrañó su ímpetu repentino, quiso disfrutar de aquella sensación pensando de forma romántica que acababa de descubrir su lugar en el mundo, por lo que le correspondió sujetándose tiernamente a él con ambas manos. Al salir el aire fresco pareció despertar un poco a Paula y tímidamente preguntó a Sergio cómo se encontraba, él le contestó que bien, que despejado, aunque ella supo perfectamente que no era así. Sergio balbuceaba y parecía no encontrar el equilibrio, aunque atinó a volver a cogerla por la cintura y a proponerle si quería acompañarlo a casa de un amigo. Entonces, ángel y diablo se pusieron a discutir sonoramente en la cabeza de Paula, mientras que Sergio la conducía dando traspiés hacia el aparcamiento. Se encontraba tan confundida que una espesa nebulosa parecía mantenerla flotando sobre el suelo, y mientras que el bien y el mal no dejaban de debatir, para ella sólo una idea reinaba ya su pensamiento: lo había conseguido, era la chica de Sergio.

Cuando se quiso dar cuenta avanzaban ya por la carretera serpenteante y, aunque por un momento pensó que aquello no era algo que fuera a gustarle a su madre si se enterara, la mano de Sergio avanzando rodilla arriba la convenció para silenciar por fin al ángel y dejar que el diablo le aconsejara cómo corresponder a Sergio en sus caricias hasta conseguir enamorarlo.

Finalmente, no pudo ser porque de pronto unas luces cegadoras surgieron de la nada y en apenas un segundo todo se llenó de una extraña oscuridad.

Las pruebas arrojaron altos niveles de alcohol y drogas en la sangre de Sergio. Aun así, tuvo suerte y, pese a las heridas, sólo un ramo de flores frescas, y no dos, vestiría de color por siempre aquel plúmbeo arcén.

Cuando declaró para defenderse por la imputación de homicidio imprudente manifestó que apenas conocía a Paula, así como que tampoco recordaba gran cosa de aquella noche ni de cómo había llegado ella al asiento copiloto de su coche.

La madre de Paula, que escuchaba desde el público, encontró desesperadamente irónica aquella declaración, y es que ella siempre recordaría las palabras que durante el resto de su vida la acompañarían en su dolor. Esas palabras, como un eco vivo de lo que fue su hija, las había descubierto cuando, tras reunir el valor suficiente, había decidido donar a la beneficencia la ropa de Paula. Entonces, entre dos de sus camisas, había encontrado escondido el diario de su hija y, aunque en un principio pensó pudorosa que no debía leerlo, la sola idea de volver a sentir a su niña la había convencido para abordar de forma ansiosa su lectura. Sergio estaba presente en cada una de las páginas del último año; era, según palabras de Paula, el gran amor de su vida y por él, añadía con suma dulzura, «sería capaz de hacer lo que fuera...».

Otoño

Como siempre, el otoño almeriense se había resistido a llegar y, pese a que aún algún osado se lanzaba al mar en un acto más de orgullo que de apetencia, Sierra de Gádor y Sierra Alhamilla arropaban ya la capital envolviéndola en un abrazo ocre como el color de sus laderas. Mientras, completamente ajeno al paisaje del exterior, a Víctor le temblaba el pulso. Intentaba una y otra vez controlarlo, pero le era imposible. Una violenta sacudida lo estaba recorriendo desde lo más profundo de su ser. También sudaba. Gotas frías de sudor resbalaban gélidas desde su frente. De pronto, pareciera que la boca se le había llenado de arena del desierto de Tabernas hasta hacerle realmente imposible tragar. También sentía las manos heladas, aunque, en cambio, un intenso rubor asfixiante le quemaba las mejillas. Sin que nadie lo viera, se cogió la cabeza entre las manos intentando controlar la situación y entonces escuchó con nitidez cómo los acelerados latidos de su corazón adquirían una mayor virulencia. Entonces una voz surgió débilmente desde su interior, hablaba el profesional responsable que aún habitaba en él: «¡Compórtate como es debido y empieza!». Consiguió reunir fuerzas y salir de la habitación, todos esperaban sus indicaciones, pero él no era capaz siquiera de balbucear las instrucciones más elementales.

Cerró los ojos e intentó recordar cuándo lo había engullido aquella desesperación, ¿en qué momento aquella nebulosa densa y gris lo había atrapado?, ¿desde cuándo aquel aire se había vuelto irrespirable?... Entonces rememoró la llamada que a primera hora de la tarde le había hecho su jefe de servicio, estaban faltos de personal y aquella operación debía realizarla él, una intervención sin duda delicada a la que sólo un profesional de su talla podía enfrentarse. De manera que, conducido por su fuerte vocación, no había dudado en abandonar rápidamente la reunión familiar que disfrutaba. Era muy consciente de su responsabilidad y no le importaba; lo más bonito de la profesión de médico era el componente humano, y esa motivación por ayudar era la que lo había hecho dirigirse al hospital con la conciencia tranquila de estar haciendo lo correcto. Sólo lamentaba tener que abandonar de nuevo a sus hijos, desde que su esposa faltara era cierto que, ante aquellas situaciones, y pese a que los dejaba al cuidado de los abuelos, siempre cooperadores, él sentía que los pequeños quedaban algo desamparados.

Recordó aquella mañana invernal en la que todo se volvió plúmbeo. Lo más difícil que había hecho en su vida había sido precisamente contar a sus pequeños que mamá se había ido a un viaje largo del que ya no volvería, aunque ella le había pedido que les dijera que ellos eran lo más importante y que siempre los cuidaría desde la distancia. Y es que, la cruda realidad, el contarles que su madre había sido víctima de un virulento atropello, y que el conductor se había dado a la fuga, era algo que le resultaba completamente imposible de verbalizar. Además, el dolor era más insoportable si cabe porque aquel conductor furtivo nunca había sido localizado, y ello pese a que varios testigos apuntaron unánimemente a una característica inconfundible del horrendo autor: un tatuaje recorría su brazo izquierdo desde el hombro hasta la mano: era un águila, un águila imperial, con ojos vidriosos y mirada agresiva que, de manera paradójica, sostenía en su pico una inocente rama de laurel que pareciera quedar marchita a su contacto. Incluso la policía había recurrido a un dibujante y todos los testigos habían coincidido en un mismo boceto, gracias al que apuntaban sin género de dudas al portador de aquella ilustración como al homicida.

Ya habían pasado tres años y Víctor no podía olvidar aquella águila maligna, aquella imagen lo había perseguido en todas sus pesadillas, y también en sus sueños. En las pesadillas volvía al día del atropello mortal y no lograba de nuevo salvar a su esposa, y en sus sueños, incluso los que tenía despierto, imaginaba que aquel hombre con su belicoso tatuaje se cruzaba en su camino y él hacía justicia según la Ley de Talión.

Pero con más realismo siempre pensó que la probabilidad de que la suerte le sorprendiera de esa forma era remota, y que las esperanzas de encontrarlo eran prácticamente nulas, siendo su única expectativa confiar en que la otra justicia, la que intentaba administrarse en los Juzgados, consiguiera algún día localizar al criminal que había mutilado su vida y la de sus hijos.

Por ese motivo, ni en sus mejores sueños, ni en los conscientes, ni en los inconscientes, imaginó que algún día podría descubrir ese tatuaje en el cuerpo del paciente que estaba a punto de operar de urgencia. Y había sido justo en ese momento, cuando descubrió aquella águila odiosa, con sus ojos delirantes, mirándolo desde la mesa de operaciones, cuando había empezado a sudar como un condenado.

El anestesista interrumpió sus pensamientos al afirmar con contundencia: «doctor, el paciente está dormido, puede empezar cuando quiera». Entonces los segundos siguientes fueron eternos, como ralentizados a cámara lenta. Mientras, sin que nadie se percatara, el bien y el mal se debatían en su interior en una lucha atroz. Tras unos instantes que a él le parecieron suficientes como para repasar mentalmente sus tres últimos años de vida, aquel médico, víctima y quizás también verdugo en aquella historia, pareció estar súbitamente recuperado y, dirigiendo a la enfermera una mirada gélida y distante, con voz robótica ordenó: «bisturí...».

La enfermera obedeció con diligencia. Aquel doctor era una autoridad en su campo y sin duda el paciente estaba en las mejores manos. Mientras, ninguno de los presentes se había percatado de la abierta sonrisa que bajo su mascarilla esbozaba el buen doctor.

Invierno

Había caído ya el invierno en la capital almeriense y, aunque las altas temperaturas confundían a las cigarras sin dejarlas disfrutar de un merecido descanso, en cambio para Manuel era claramente la época de mayor trabajo. Por eso, al romper el alba, ya estaba sentado a la mesa de su céntrico despacho sito en la Puerta de Purchena, en pleno centro de la ciudad.

Le gustaba empezar temprano, así aprovechaba más la mañana y, llegado el mediodía, ya tenía gran parte del laboro avanzado. Como tantas otras veces se asomó a la ventana y una brisa matutina e invernal le trajo un intenso olor a café. Provenía de la cafetería de la esquina, esa que tantas veces había sido su acompañante en las largas veladas de estudio. Por unos instantes se abstrajo evocando los primeros años donde, un joven e inseguro Manuel, apuraba las madrugadas repasando cada uno de los detalles de los casos que su padre iba delegando en él. Le precedían tres generaciones de abogados, lo que por un lado le había permitido tener un prestigio y un nombre en la profesión, aunque por el otro, también le había conllevado el deber constante de no perder ese reconocimiento. Por eso, Manuel recordaba estudiar horas y horas antes de preguntarle a su padre cualquier duda porque, sencillamente, no quería decepcionarlo y porque, además, era consciente de que la responsabilidad del apellido algún día caería sobre sus espaldas.

Ese momento llegó, y cuando su padre faltó, Manuel se puso valiente al frente del despacho. Y si en sus inicios estudiaba por las noches para ganarse la confianza de su padre, tras la desaparición de éste, lo estuvo haciendo por igual para ganarse, en este caso, la confianza de los clientes que aún veían en Manuel tan sólo a un inexperto aprendiz.

Poco a poco esa confianza llegó y Manuel no sólo consiguió mantener el listón en el sitio tan elevado en el que su padre lo había dejado, sino que además consiguió hacer del despacho un trabajo rentable con el que mantener holgadamente a la familia.

Por eso, ahora, ya a las puertas de su jubilación, el olor a café mezclado con aquella brisa del amanecer no podía dejar de recordarle aquellos tiempos de esfuerzo y afán por superarse. Y en aquel momento, pese a su veterana edad, afrontaba cada jornada con la misma ilusión, de manera que esa mañana, por ejemplo, la quería destinar íntegramente al estudio sin otra tarea que lo distrajera, y es que estaba convencido que para un abogado era esencial estar al día de las últimas novedades legislativas.

Recordaba que, ya fallecido su padre, y cuando empezó a prosperar, consiguió comprar el despacho que durante años su familia había alquilado. Situado en uno de los edificios antiguos de más solera de la capital, era una vivienda suficientemente amplia como para que Manuel lograra instalar también allí la vivienda familiar. Ayudado por un amigo arquitecto movió tabiques, derribó paredes, mejoró los accesos, y después de varios meses de obras consiguió tener sus dos pasiones, familia y trabajo, separadas por tan sólo una pared. Si llegabas a la entrada recibidor, por la puerta de la derecha accedías a la vivienda, donde Juana, su mujer, y sus hijos lo esperaban en un hogar que siempre logró ser un remanso ejemplar de paz, dichas y felicidad, y en el que las adversidades, que también las había habido, se habían vencido con perseverancia. Y por la puerta de la izquierda entrabas a un despacho solemne y elegante donde los títulos, las orlas, los libros, y demás recuerdos de sus antepasados, daban a Manuel el refugio necesario donde encontrar la mejor inspiración para llevar a cabo un trabajo, que a la vez era su indudable vocación.

Vivienda y despacho se conectaban por una puerta de servicio, de manera que Manuel aquella mañana ni siquiera se había parado a vestirse, no esperaba ninguna visita, por lo que se había permitido iniciar la mañana ataviado tan solo con su pijama y un batín de casa. Decidido, cogió el libro «Ultimas Reformas del Código Penal», y se acomodó para invertir algunas horas en aquel estudio. No cerró la ventana, se conocía la rutina y le encantaba: al olor a café le seguiría el sonido de las persianas de los establecimientos de la zona iniciando su horario comercial; después, de manera tímida y gradual, el murmullo de la gente; para, más tarde, ya adelantada la mañana, dar paso a un interesante bullicio que, en muchas ocasiones, le había obligado a lanzar una mirada curiosa a la calle desde su mesa de trabajo.

Pero hoy no quería distraerse, necesitaba concentrarse en la lectura. Su intención era resolver algunas cuestiones legales que le habían surgido al preparar la defensa de uno de los últimos casos que había entrado al despacho. Miró el reloj, quería aprovechar el tiempo al máximo porque, llegada la hora del aperitivo. Si no tenía ningún juicio, ni visita, ni ningún otro compromiso profesional, le gustaba irse con Juana a tomarse un vermút. Durante años habían conservado esa costumbre, de manera que a la una de la tarde, justo cuando el campanario de la iglesia de San Sebastián repicaba, Juana lo buscaba en el despacho, desde la puerta le lanzaba una mirada pícara, y con una gran sonrisa esperaba su respuesta. Si Manuel asentía ella volvía a la casa, se retocaba con coquetería, y volvía acicalada al despacho de donde salían los dos cogidos de la mano. Desde el primer día habían sido una pareja enamorada y, tras años de matrimonio y toda una vida en común, disfrutaban de ese aperitivo como dos niños traviesos en el recreo. Era el momento de la jornada en el que olvidaban sus obligaciones y charlaban de dulces banalidades, sentados en la mesa del rincón en su terraza favorita. Esa mesa había sido fiel testigo de su existencia; en ella, y entre sorbo y sorbo, habían hecho planes, programado viajes, organizado celebraciones, habían reído, discutido, llorado, soñado... Y en todos los años de matrimonio Manuel no había dejado nunca de disfrutar de aquellos momentos con Juana, más aún, cada día esperaba con mayor ilusión que el reloj marcara la una. Así que, animado, agilizó la lectura para poder estar libre cuando ella viniera puntual a buscarlo.

Ensimismado estaba en esa tarea cuando advirtió que una mujer lo observaba desde la puerta. De edad madura, y vestida íntegramente de blanco, si había algo que resaltaba en ella era su gesto grave. Manuel no dudó en preguntarle si se le ofrecía algo. Entonces, decidida, la mujer se dirigió a él mientras le indicaba:

– Señor Manuel, tiene usted que descansar, véngase para casa, que la comida estará pronto lista.

– Pero, ¿quién es usted y qué hace aquí?

– Don Manuel, ¿no me recuerda?, soy su enfermera...

– Pero, ¡qué enfermera!, si yo no estoy enfermo, ¿dónde está mi mujer?, ¿quién la ha dejado entrar?, ¡Juana!...

– Don Manuel, venga, acompáñame a la casa, ya es suficiente por hoy..., además su hijo llegará enseguida...

– Pero ¡qué dice!, ¿está usted loca?, está usted confundida, salga de mi despacho y déjeme trabajar, mi mujer la acompañará a la puerta..., ¡Juana!, ¡Juana!,...

Al verlo tan nervioso su interlocutora fue más contundente:

– Don Manuel, ¿no me recuerda?, yo estoy aquí para cuidarlo, no debe ponerse nervioso, es malo para su salud..., vamos, acompáñeme a casa, su hijo llegará de los Juzgados enseguida y podrán comer juntos...

Justo en ese instante un joven irrumpió en la estancia, era apuesto, refinado, y a Manuel le recordó a él mismo unos años atrás. Portaba un maletín de piel que dejó caer al suelo dirigiéndose, con semblante serio, a la mujer:

– Está bien Lucía, ya me encargo yo, por favor déjenos solos.

– Señor, lo siento, su padre hoy tiene un mal día, lleva en el despacho desde el amanecer, y no he conseguido hacerlo entrar en razón.

Manuel no entendía nada y angustiado volvió a llamar a su mujer. Entonces el joven se sentó a su lado, le cogió la mano y, mirándolo directamente a los ojos y con tono paciente, le susurró con ternura, «papá, no la llames más, ¿no lo recuerdas?, mamá ya no está con nosotros, pero mi mujer, mis hijos y yo estamos aquí para ayudarte, y también está Lucía, tu enfermera, que igualmente está aquí para lo que tú necesites».

De pronto Manuel se encontró desorientado, el aire se había tornado amargo y llegaba a impregnarle la garganta. Abrumado se fijó en algo que hasta ese momento le había pasado desapercibido, salvo el libro que sostenía en sus manos, la mesa de su despacho estaba vacía, ni rastro de expediente o tarea alguna, y en su lugar sólo un ramo de flores frescas junto a la foto de Juana.

Sin lograr entender se tapó el rostro con las manos y apretó con fuerza los ojos. Con desesperación buscó en su cabeza una referencia, un recuerdo nítido al que aferrarse, una imagen familiar que lo ayudara.

El joven le volvió a apretar la mano con firmeza, y a la vez, de forma delicada le acarició la mejilla. Pese a su extrañeza, a Manuel le agradó el gesto porque sus manos eran cálidas, y él de pronto tenía mucho frío. Transcurrieron unos segundos de profundo silencio. Entonces, como un haz de luz recordó la imagen de Juana con su sonrisa cómplice desde el umbral de la puerta. Por un momento, incluso, le pareció oler su perfume, una fragancia a jazmín fresco que a Manuel le recordaba a noches de verano y risas.

Inhaló profundamente y, sin querer abrir aún los ojos, esbozó una sonrisa entregándose de manera dócil al dulce refugio de su recuerdo. Un recuerdo que, a partir de aquel momento y hasta el fin de sus días, se convirtió en el único lugar donde lograría encontrar algo de paz en medio de aquel mundo que ya no reconocía.

EL ASOMBROSO CASO DE ANA LEVIT

ALFONSO VICIANA MARTÍNEZ-LAGE

Hay quien dice que cada día que vivimos es un regalo de Dios. Sin embargo, aquel día fue urdido por el mismísimo diablo. Y es que, ciertamente, tuvo que ser él quien pergeñara aquella maldita jornada que ahora me dispongo a narrar. Había cogido unos días de vacaciones. Era julio y Madrid se calcinaba bajo el verano más tórrido de los últimos años. Hacía varios días que la temperatura bullía sin descanso próxima a los 40ºC y las noches caldeaban el esperado alivio nocturno por encima de los 24, lo que hacía insufrible la idea de ir a la cama. Había entregado a mi jefe el último dossier que me había solicitado y como barruntaba en el ambiente la premura de resolver otro par de informes, opté por quitarme de en medio y tomar unos días de descanso, haciendo uso de sibilinas habilidades, esas que dan los trienios, para que finalmente los dos nuevos encargos cayeran de lleno sobre la recién estrenada becaria.

Y así fue como libre de ataduras me encontré en la estación de Atocha con mi pequeña maleta, mi cámara de fotos y una mochila cargada de ilusiones a la espera de coger el Talgo con destino a Almería. Había decidido ir a San José, una pequeña localidad corazón del Parque Natural de Cabo de Gata-Níjar de la que me había hablado con pasión Rafa, mi compañero de trabajo. Tenía referencias sobre la increíble sequedad de aquel lugar, de sus maravillosas calas vírgenes y de su extraordinario paisaje volcánico, escapado *in extremis* y casi por milagro del plastificado generalizado que envolvía al territorio almeriense desde que prosperó en la zona la agricultura de invernadero. Gracias a Rafa también supe de lo buenas que estaban las tías, la amabilidad de sus gentes y las excelentes tapas que te daban en los bares.

–No lo dudes. Vete a San José. Verás que chuli. Te alegrarás y me lo agradecerás. Jamás olvidarás un viaje así -insistió mi compañero.

Acababa de tomar un bocata de calamares encebollados con una cerveza, cuando tras un *ding-dong* que sonó celestial, una bonita voz femenina anunció por los altavoces la inminente salida de mi tren.

***

Tras un viaje eterno llegué a Almería pasadas las diez de la noche descoyuntado, con el cuello doblado y las extremidades agarrotadas. Una bochornosa onda de calor me abofeteó el rostro apenas pisé el andén de la estación. Busqué un taxi y tres cuartos de hora más tarde llegué al apartamento que había alquilado en San José. Se situaba sobre el cerro del Ave María, a cuyos pies se extendía la Calilla, una pequeña playa de arenas doradas. Dispuse en el armario las cuatro cosas que llevaba conmigo y abrí la doble puerta que daba a la terraza. Ante mí se desplegaron unas vistas magníficas. Al fondo un pequeño puerto deportivo colmaba de reflejos luminosos las aguas de la bahía, antiguamente denominada del Sollarete. Encendí un pitillo y admiré la belleza de aquel recóndito lugar. Después saqué un bocata de chistorra que había comprado en Atocha y tras deglutirlo con avidez decidí ir a la cama. Al día siguiente visitaría las playas de Genoveses y Mónsul, cercanas al lugar donde me alojaba.

Cuando la habitación clareó con las primeras luces del alba, me puse en función. Bajé hasta el centro del pueblo y desayuné. Había pasado la noche algo peor que regular. Extrañé la cama y los mosquitos, que consideraron muy de su agrado mi blanquecina piel, me saetearon a placer. Lo mejor de la noche, las bocanadas de aire fresco y húmedo que inundaban mi alcoba procedentes del mar. Acopié algunas vituallas e inicié la excursión hacia las playas previstas. Una estrecha vereda circundando un monte me llevó hasta la ensenada de Los Genoveses. Antes de bajar fotografié la zona, prendado de la belleza que se desplegaba ante mis ojos. Ya en la playa me lancé al agua y permanecí un buen rato chapoteando y jugando con las olas tal y como Dios me trajo al mundo, o sea en bolas. Recorrí todas las calas posibles y a mediodía llegué a Mónsul. Qué placer más grande me causó ver esta obra maestra de la Naturaleza, sus relieves volcánicos, su duna rampante y las cristalinas aguas que la abrazaban. La imagen me era de algún modo familiar, pues había visto las películas del *Barón de Münchhausen* e *Indiana Jones*. Cómo molaba aquella playa. Me fascinó lo que los lugareños llaman la Peineta, un mogote volcánico de belleza sin igual que parece una ola de tierra a punto de romper sobre el mar. Bajo la pared extraplomada de un acantilado, di cuenta de lo que llevaba en la mochila, dos latas de atún, una bolsa de kikos a la barbacoa y unas chocolatinas, mientras admiraba la hermosura del lugar.

Rendido como si me hubiesen dado una paliza, regresé al apartamento pasadas las seis de la tarde. Una ducha y un vaso fresco de agua me pusieron de nuevo en órbita, así que decidí dar una vuelta por el paseo marítimo y por el puerto, no sin antes embadurnar con una crema hidratante mi cipote que había adquirido tonalidades de carabinero *(Aristaeopsis edwardsiana)* tras haber pasado la jornada al aire libre.

San José fue antaño un pequeño pueblecito pesquero de pocas casas y menos gentes, encaramado a los cantiles volcánicos de una ensenada natural. Así había permanecido hasta que a finales de los años sesenta comenzó a poblarse de residencias turísticas y las laderas de los montes que la envuelven se colmaron de viviendas y pequeños hoteles. Hoy, figura como uno de los destinos más solicitados dentro de la oferta turística del Parque Natural de Cabo de Gata-Níjar. Pese a ello, el lugar mantiene la esencia de un enclave tradicional mediterráneo, con amplios sectores de costa sin urbanizar.

Tras bajar una empinada cuesta llegué a la plaza, un coqueto enlosado con palmeras y árboles donde había varias terrazas, repletas de gente. Desde allí mismo arrancaba el paseo marítimo que llegaba hasta el puerto, rodeando una amplia playa de arenas doradas y aguas cristalinas. Avance y me fijé en un local de exuberante vegetación. Era el restaurante La Cueva de Antonio. Entré y cogí, de casualidad, la única mesa que quedaba libre. Cené una ensalada y un pescado de la zona a la plancha con un par de cervezas y continué paseando hasta alcanzar el puerto, una pequeña dársena embutida entre altos acantilados de diversos colores, un lugar agradable de gran atractivo. Observé los barcos y, junto a varios curiosos, las maniobras de atraque de un velero. Después desanduve lo recorrido y regresé al paseo marítimo, ahora repleto de viandantes que observaban de manera distraída los puestos de un mercadillo. Y entre la maraña de personas que deambulaban por él y, como si de una aparición bíblica se tratase, surgió ella. Apareció al contraluz de un sol descendente a punto de desaparecer entre las cárdenas montañas que envolvían la bahía. La chica tenía un puesto de bisutería artesanal, piedrecitas de la zona engarzadas en plata y oro. Colocaba las piezas, ligeramente arqueada, sobre el tablero que le servía de expositor. En un determinado momento, cogió un botellín de agua y dio un sorbo, muy lento, mientras sus pechos turgentes y puntiagudos se elevaban aún más, ingrávidos, hasta flotar literalmente en el aire.

Llevaba un suéter de color indeterminado. No era verde, ni azul, tal vez gris con tonos turquesas o esmeraldas, eso sí, tan ajustado, que encorsetaba su esbelto torso dejando al aire el ombligo, en cuyo hueco interior relucía un *pearcing* plateado. La volví a mirar, esta vez con descaro, de abajo arriba, de arriba abajo. Unas esparteñas de tela con tacón y varios lazos enrollados a sus tobillos eran el apoyo en tierra de tan celestial figura. Tragué saliva siguiendo con la mirada sus largas piernas embutidas en un pantalón vaquero corto, tan desgastado que de nuevo hacía impreciso su color y tan apretado que definía la geometría de su sexo, una perfecta y mayúscula «W» que despertó en mí los instintos más primarios, mientras me asaltaba la razonable duda de si su pubis estaría depilado o generosamente poblado de bellos rizos trigueños, a juego con el largo pelo castaño que como una cascada, caía sobre sus hombros en atractivos bucles. También intenté adivinar qué color y forma tendrían sus braguitas, las cuales imaginé muy escasas de tela y con sugerentes transparencias.

La chica levantó los ojos y nuestras miradas se encontraron. Ensimismado, y con la mente agarrotada los observé, ahora con detalle. Eran verdes con reflejos de miel, orlados de largas pestañas bajo unas cejas finas y arqueadas. Me sonrió, un mohín bello e infinito, que dejó entreabiertos sus carnosos labios y dos hileras de dientes magistralmente parejas que se me antojaron puro marfil por el derroche de blanco que desprendían. Mis pulsaciones acrecentaron su ritmo hasta el punto de notar que mi corazón daba saltos en la cavidad torácica, *¡boom-boom, boom-boom!* No sabía qué hacer o qué decir. Estaba petrificado, atrapado en la desbordante hermosura de aquella mujer. Tras un instante, que pareció eterno, le regalé la sonrisa más simpática y amable que había esbozado en mi vida. Entonces, ella dijo algo que no entendí, casi ni oí, envuelto en una extraña atmósfera que me tenía hipnotizado. Volvió a sonreír y mi rostro enrojeció. Me sentía como si el Talgo Almería-Madrid, en el que había viajado el día anterior, me acabara de pasar por encima.

Aturdido, di dos pasos más hacia ella con la mirada perdida en la perfección de la suya, en la profundidad de su gesto y en las bellísimas facciones que dibujaban su cuerpo y su rostro.

– ¿Deseas algo? -repitió la muchacha.

Desperté lentamente de mi letargo y ahora sí escuché con nitidez la seductora voz de aquella joven. Me ofrecía el género que vendía en su puesto ambulante del paseo marítimo, un mercadillo improvisado que todas las noches congregaba al nutrido grupo de *hippies* que pululaban por la zona. Bajo la luz tenue de unos farolillos de colores y envuelto en el humeante aroma que exhalaban dos barritas de sándalo, observé con detenimiento las piezas de bisutería desplegadas sobre la mesa.

– Son piedras semipreciosas que hay en la zona -me dijo con una voz suave y dulce.

Cogí una de color verde azulado engarzada en plata y la observé interesado.

– Es una turquesa. Una gema que también recibe el nombre de *calaíta* -apuntó resuelta.

– ¿Es usted italiana? -dije por decir algo, con las neuronas agarrotadas y la testosterona disparada.

– Ciudadana del mundo -contestó ella, sonriendo de nuevo.

– Lo digo por su acento -argumenté-. Y por su aspecto -añadí.

– ¿Mi aspecto? -preguntó desconcertada.

– Tiene usted la belleza pura de las mujeres italianas.

La chica sonrió, pero no dijo nada.

Seguí examinando sin prisa la mercancía que ofrecía y como si de un acto reflejo se tratara saqué un pitillo y lo puse entre mis labios mientras palpaba errático los bolsillos de los pantalones en busca de un mechero. La chica lo advirtió, cogió una caja de cerillas y me la acercó. Encendí el cigarro y le devolví los fósforos, pero ella declinó y me dijo que me los quedara.

En ese momento, una pareja se acercó al puesto interesándose por unos aros de plata. La joven los atendió. Cogió con delicadeza los pendientes y los puso en la palma de su mano inclinándose hacia los interesados para que los apreciasen mejor. A través de su desvaído escote, observé sus pechos que culminaban en unos concentrados y puntiagudos pezones marrón oscuro. Un espasmo eléctrico me atravesó desde la nuca hasta los tobillos. Respiré hondo intentando apaciguarme, en el mismo momento en que la chica me observaba con la mirada más bella, cándida e intensa que jamás me habían brindado. El espasmo eléctrico se disolvió en una onda de calor, seguida de un escalofrío que casi me hizo levitar sobre los puestos.

La pareja compró los aros de plata y quedé de nuevo solo ante ella. No sabía qué decir, envuelto en un halo mágico que me tenía atolondrado. Fue entonces cuando me preguntó si era turista.

– Sí -contesté-. He venido a pasar unos días. Estaré hasta el sábado que viene.

Asintió con la cabeza y comenzó a reordenar sus piedras. Otra pareja se paró ante el puesto y después dos señoras mayores cogidas del brazo que no paraban de hablar. La chica se desenvolvía con naturalidad y trataba a sus clientes con exquisita cortesía. En unos instantes, el puesto estaba lleno de gente. Me aparté y fui a sentarme en el pretil. Una llamada al móvil me despertó de la ensoñación. Era mi madre que me preguntaba dónde puñetas andaba. Me puse en pie y anduve de un lado a otro mientras conversaba con ella. Cuando colgué, media hora después, regresé al puesto para comprobar, con decepción, que la chica se había marchado.

Dormí esa noche con cierto desasosiego, clavados en mi mente los ojos, la sonrisa y el espectacular cuerpo de la chica, bajo los incesantes zumbidos de varios mosquitos que más que insectos parecían *Stukas* alemanes de la Segunda Guerra Mundial, dejando sobre mi blanquecina piel un copioso rosario de habones.

Cuando clareó, empecé a espabilarme ayudado por los incansables graznidos de las gaviotas que sobrevolaban la zona. Pasé la jornada en el apartamento, reponiéndome de los mosquitos, las quemaduras del sol y las ampollas de los pies y solo bajé a última hora a la Calilla para darme un baño, con tal infortunio que al lanzarme al agua topé de bruces con un banco de medusas clavel *(Pelagia noctiluca)*, que terminaron de enrojecer al completo mi cuerpo, en otros tiempos inmaculado.

Embadurnado en cremas bajé en busca de la chica para intentar quedar con ella. Qué grande fue mi decepción cuando llegué al paseo marítimo y comprobé que la joven no había montado su puesto esa noche. Esperé un tiempo y pregunté por ella a sus compañeros del mercadillo. Nadie supo darme una respuesta. Mi estado de ánimo iba en caída libre, cuando de repente, reparé en la caja de cerillas que ella misma me había dado la noche anterior, comprobando con asombro y alegría que llevaba anotado un número de teléfono. Siguiendo un impulso marqué y al instante contestó, pero no ella, sino una voz masculina, con acento indeterminado.

– Siiiií. Digamelooó.

– Buenos noches. No sé cómo empezar. Mi nombre es Pedro y estoy buscando a una chica... la conocí anoche en el paseo marítimo. Vendía bisutería en un puesto.

Un silencio largo siguió a mi petición.

– ¿Oiga? -pregunté desconcertado.

– Sí, estoy pensando, puñetas. Puede ser Verónica, una chica morena y bajita con grandes tetas.

– No, tenía el pelo castaño y era más bien alta -aclaré.

– Tal vez Elvira, una mujer muy delgada y con muchas pecas, pelo corto y pelirroja.

– No, no. Su pelo era largo. Una mujer alta, muy simpática y con un acento extraño; no es de aquí, de eso estoy seguro, tal vez italiana o de algún país sudamericano.

– Ah, ya seeeé. Ana, fijo que es Ana Levit -aseveró con firmeza la voz al otro lado del teléfono-. Y... ¿Qué quiere usted de ella? -preguntó de repente con un tono distinto, más serio y grave.

Otra desconcertante pausa siguió a continuación.

– ¿La conoce? -pregunté.

– Sí, por supuesto.

– ¿Eres su chico, su novio, su pareja?

– No, no -rió la voz al otro lado del teléfono-. No soy legionario -rió de nuevo.

– ¿Cómo? -pregunté confuso.

– ¡Nada hooombre!, es una broma. Puedes localizarla en el paseo marítimo. Monta hacia las ocho y desmonta hacia las doce de la noche.

– Sí, sí. Lo sé. Estoy justo en el lugar donde pone su puesto. Pero esta noche no ha venido.

– Lo siento, es una pena. ¿A qué es un bellezón, eh?, como pocos habrá visto en su vida.

– Cierto. Es muy guapa.

– ¿Pretende tirársela? -me preguntó a bocajarro.

– Sí... Digo no -corregí de inmediato-. Solo conocerla y charlar un rato con ella -mentí.

– Ya.

Otro largo silenció dominó la conversación.

– Entonces, ¿no sabe dónde puedo localizarla?

– Ya le he dicho que en el paseo marítimo. Allí monta el puesto todas las noches, hasta las doce aproximadamente.

– Y ¿algún otro lugar?

– Es usted pesadito, amigo Pedro.

– Lo siento. En cualquier caso, muchas gracias por atenderme.

Iba a colgar, cuando su voz me detuvo.

– Puede ser que también la encuentre en *Tinieblas*.

– Perdón, ¿dónde?

– *Tinieblas* -repitió- es un garito nocturno que hay a las afueras del pueblo, un poco antes de llegar al Pozo de los Frailes.

Recordé en ese instante que la caja de cerillas que me había dado, llevaba impreso ese nombre en color rojo sobre un fondo negro.

– Buena música, copas, tías a mogollón y buen rollito -aclaró la voz desde el otro lado.

– Muchas gracias. Creo que voy a probar allí.

Corté la llamada, cogí los fósforos y confirmé el nombre. Ya tenía plan para esa noche. Regresé al apartamento y tras cenar una lata de mejillones en escabeche y un batido de chocolate me arreglé, no sin antes ducharme por tercera vez porque una humedad insoportable me tenía empapado en sudor. Camisa floreada, pantalón vaquero, los slips más sexis que llevaba y unas zapatillas naranjas de lona y esparto que tuve que acompañar con unos gruesos calcetines blancos de deporte para aliviar las ampollas de la caminata del día anterior. Un poquito de goma fijadora para el pelo y unas gotitas de *Brummel*. Tras comprobar en el espejo lo guapo que estaba y con el pavo subido, salí en su búsqueda. Nada más pisar la calle comprobé que habían caído unas gotas y que el horizonte relampagueaba con alguna culebrina suelta cayendo sobre el mar. La tarde se había nublado y parecía que se acercaba una tormenta de verano. Busqué un taxi y nada. No encontré ninguno, así que decidí ir andando. Media hora después y tras remontar una pendiente considerable por una senda paralela a la carretera y completamente a oscuras, a punto de romperme la crisma en dos ocasiones, divisé en la distancia el garito que buscaba. Era un antiguo cortijo reconvertido en local nocturno del que emanaban centelleantes luces de colores. Escuchaba la música aún lejana cuando unos goterones del tamaño de un puño comenzaron a caer, más bien a bombardear el camino que transitaba. Fue solo un instante, pero lo suficiente para empaparme y llegar a mi destino como si acabara de salir de la ducha.

El ambiente me sorprendió con agrado. Había bastante gente. Algunos bailaban sobre una antigua era y junto a un curioso aljibe que me recordaba a algo parecido a un iglú de Laponia. El recinto estaba rodeado de palmeras, higueras, pitas y chumberas y el cortijo encalado y de paredes gruesas con vigorosos contrafuertes, irradiaba un blanco cegador bajo la luz de potentes focos fluorescentes. Entré y no la vi. Recorrí en vano las tres terrazas que rodeaban el local. Tampoco la encontré. La desazón comenzó a hacer mella en mí. Volví a recorrer los distintos espacios pero tampoco, de modo que me dirigí a la barra y pedí a la camarera una *Voll-Damm*, intentando acostumbrarme al particular tufo que desprendía el interior de aquel garito. Un olor indeterminado, mezcla de hachís, alcohol, crema bronceadora y ambientador barato. Y así estuve un largo rato, con la esperanza de verla. Iba por la segunda *Voll-Damm* cuando ella, el objeto de mis deseos, apareció inopinadamente tras la barra portando varias bolsas de hielo que depositó dentro de un congelador. Ahora llevaba el pelo recogido en una especie de moño que dejaba al descubierto su esbelto cuello. Al verme sonrió y yo me sentí el hombre más feliz del mundo. El halo de magia había vuelto a atraparme.

***

No sabría explicar exactamente cómo ocurrió, pero allí estaba, en el apartamento de Ana fumando un porrete de *maría* y con un vaso de whisky en la mano, bajo la envolvente y apropiada música que aquel romántico encuentro merecía: el *Aserejé*, obra magna de *Las Ketchup.* El primer beso fue corto, acompañado de una mirada cómplice. El segundo también. Con el tercero me situé suavemente sobre ella e inicié un rosario de besos «tipo metralleta», como los que me daban mi abuela y mis titas cuando era niño, acompañados de pequeños mordiscos que fueron marcando su cuello, sus mejillas, sus orejas y sus labios. Fui, poco a poco, desabotonando su camisa hasta que sus pechos quedaron libres. Mi boca se estampó contra sus erizados pezones como una lapa *ferruginosa*, saboreándolos como si fueran dulces fresas. Después, comencé a desabrochar sus pantalones y una vez conseguido los fui bajando lentamente hasta que liberé aquellas preciosas y largas piernas. Las braguitas no eran como las había imaginado. Eran de encaje blancas, muy ajustadas a su piel. Un destello de luz guió a mi boca hacia el *pearcing* de su ombligo. Desde esa latitud migré al sur hasta encontrarme con el primer vello que anunciaba su suave y rizado pubis. Nos dábamos besos compulsivos, yo de un lado a otro, enloquecido, con una excitación que jamás antes había experimentado. Ella manoseaba mi cabeza dirigiéndola como si fuera un *joystick* hacia los lugares donde más goce sentía. Y, así fue, como llegué a su sexo. Viscoso, suave, rosado, bello, infinito. Con mis labios busqué su clítoris, lo besé, lo acaricié con mi lengua, mientras notaba cómo ella se removía entre innumerables gemidos de placer. Así, lento y preciso, estuve un largo tiempo, haciendo míos los sabores de aquella preciosa mujer que acababa de conocer. Entonces, algo ocurrió. La conexión de la punta de mi lengua con su órgano experimentó un proceso que incluso hoy me resulta difícil describir con precisión. Algo asombroso. Ambos órganos se habían soldado, como en la película *Avatar* y cuando quise apartarme no podía. Es más, aquel órgano comenzó a tirar de mi lengua hacia dentro, como si tuviese vida propia, primero suavemente y después con tal fuerza y tenacidad que pómulos, nariz y boca ingresaron de sopetón en su vagina. Pensé, idiota de mí, que Ana tendría ciertas habilidades de contorsionista y que aquello formaba parte de un extraño juego sexual. Pero no. Poco a poco iba notando cómo mi cabeza avanzaba cuerpo adentro. También advertí como su vulva se dilataba a la vez que iba aumentando de temperatura y de tamaño. Sin dar crédito, comprobé que mi cabeza estaba completamente dentro de aquella mujer. Era como el proceso inverso a un parto. En vez de salir, entraba.

Tenía que ser un sueño, mejor dicho, un mal sueño, una puñetera pesadilla de la que en vano intenté despertar. Traté de tranquilizarme. Pero no pude. Entonces, comencé a gritar, más bien a balbucear:

– *¡Adnaaa, padaaaaa, pod favooood!* -grité como pude porque mi lengua seguía enganchada a su clítoris. Sólo obtuve por respuesta mi propio eco.

– *¡Socodooo!* -volví a gritar. *¡Socooódo!*

Apoyándome en sus muslos intenté de nuevo zafarme de aquel cuerpo. Una fuerza inhumana e inexplicable me lo impedía, es más, iba sintiendo cómo aquello me succionaba con un ímpetu cada vez más intenso y sobrenatural, a la par que mi cuerpo encogía, tal y como lo haría un jersey de lana en una lavadora de agua caliente.

Pensé, ahora más tranquilo, que lo que estaba viviendo era una alucinación, fruto de las caladas que había dado al porrete de *maría*.

– ¡Eso es! -*tontolaba*- lo que llevas encima es un pedo de narices. Joder, si es que me he soplao dos *Voll-Damm*, un whisky y un par de petas. ¿Qué narices quieres? -me reprochaba a mí mismo. Andaba en estos pensamientos, cuando una nueva succión engulló de tirón medio cuerpo. Permanecí inmóvil durante unos instantes con los ojos muy abiertos en aquel cavernoso lugar, hasta que liberé mis brazos, pero no fuera como hubiera deseado, sino dentro de ella. Una serena sorpresa me invadió al comprobar que cuanto me envolvía era suave y aterciopelado. Palpé aquellas paredes profundas, viscosas y húmedas. Fue entonces cuando lo escuché. No antes, porque mi angustia vital lo había impedido. Ahora quieto, lo oí de nuevo. *¡Boom, boom, boom!* Era un latido de corazón, pero no el mío que andaba desbocado. Este era pausado, rítmico, al modo de un cazador sabedor que tiene a su presa acorralada. Martilleaba mis sentidos y era envolvente, diría que incluso agradable. Mientras discernía sobre ello, otro arreón succionador introdujo mi cuerpo hasta las rodillas. Cuán desagradable y ridícula debería de contemplarse la escena desde fuera, calcetines blancos incluidos. Grité de nuevo, ahora sí, profundamente aterrado.

– *¡Socodo, Socooódo, auxiiídio...!*

Con un último espasmo, aquel bello cuerpo me engulló por completo.

¡GLUP!

Desde aquella fatídica noche, convendrán conmigo que engendrada por el mismísimo diablo, tal y como les anticipé al inicio de este relato, han pasado ya dos años. La noticia de mi extraña desaparición acaparó las portadas de la prensa local durante unos días, hasta que las investigaciones concluyeron que con toda probabilidad me había ahogado debido al fuerte oleaje de levante que asoló la zona tras la tormenta. A ello contribuyó, sin duda, que olvidara en la playa de Mónsul la toalla con mis iniciales bordadas por mi madre.

Y aquí sigo, dentro de Ana Levit, el mismísimo Leviatán que me absorbió una tormentosa noche de verano como un incauto pardillo, observando a ratos San José desde el *pearcing* de su ombligo, única ventana posible a la realidad. He sabido después, que son varios los leviatanes que pululan por la localidad en busca de ingenuos turistas como yo. Viven en comunidad y son tanto mujeres como hombres, todos de una belleza sin parangón que utilizan de señuelo. Y es así como se explica, que aquí nos hayamos refugiado un montón de turistas desaparecidos, hombres y también mujeres, engullidos por estos seres maléficos que nos han hecho suyos. La única distracción que me permite es que me asome todas las noches al paseo marítimo durante un rato a través de su ombligo. Llevo la contabilidad de las piedrecitas que vende y le aviso cuando algún amante de lo ajeno intenta llevarse alguna sin pagar. Es como un trabajo a tiempo parcial. Por la mañana playa y solecito, cañas y tapitas y por la noche el mercadillo de *hippies* en el paseo marítimo, cuando no unas copitas en *Tinieblas*.

Y, he de confesar, antes de concluir esta increíble historia, la perversa felicidad que anegó mi alma, la noche de verano, también tormentosa, que descubrí a mi compañero Rafa observando una gema en el puesto de Ana Levit, rebuscando entre los bolsillos de sus pantalones un mechero para encender el pitillo que prendía de sus labios.

–*Ji, ji, jiiii...* -sonreí maliciosamente y comencé a cantar:

Aserejé-ja-dejé, de jebe tu de jebere seibiunouva majavi an de bugui an de güididípi...

Un centelleante y sonoro trueno iluminó la escena mientras la chica le brindaba una caja de cerillas del pub *Tinieblas*, acompañada de la sonrisa más irresistible y hermosa que podía surgir al amparo de aquellos lejanos y volcánicos parajes del sur.

ÍNDICE

Este Libro, Escrito por
Fernando Martínez López, Antonio Ortega,
Rosa Salvador y Alfonso Viciana,
se Acabó de Imprimir
el Día 25 de Julio de 2024,
Efemérides del Apóstol Santiago,
Patrón de España,
en la Imprenta Gráficas «La Madraza»
de Albolote (Granada)

LAVS DEO